재일에스닉잡지연구회 번역총서

오사카 재일 조선인 시지

가리온 5

지식과교양

일러두기

1. 시의 띄어쓰기 및 문장 부호는 원문대로 표기하는 것을 원칙으로 하였다.

2. 일본어를 한국어로 표기할 때는 기본적으로 문교부(현재 문화체육관광부)의 '외래어표기법'(문교부 고시 제85호-11호, 1986년 1월)을 따랐다.

3. 지명, 인명 등의 고유명사는 기본적으로 일본식 표기법과 한자에 따랐다. 단, 잡지나 단행본의 경우 이해하기 쉽도록 한국어로 번역하였으며 원제목을 병기하였다.

4. 한국어로 된 작품은 원문 그대로 표기하였다.

5. 판독이 불가능한 부분은 ●●●로 처리하였다.

6. 각호의 목차와 삽화는 한국어 번역과 함께 일본어 원문을 실었다(간혹 밑줄이나 낙서처럼 보이는 흔적은 모두 원문 자체의 것임을 밝혀둔다).

7. 원문의 방점은 굵은 글씨로 표기하였다.

8. 주는 각주로 처리하되, 필자 주와 역자 주를 구분해 표기하였다.

역자서문

 그동안 재일조선인 시지詩誌『진달래』는 존재는 알고 있었으나 그 실체를 일본에서도 전혀 알 수 없었던 잡지였다. 풍문으로만 들었던『진달래』와『가리온』을 드디어 번역본으로 한국에 소개하게 되었다. 2012년 12월 대부분이 일본 근현대문학 연구자인 우리들은 자신의 삶과 역사에서 동떨어진 기호화된 문학연구를 지양하고 한국인 연구자로 자주적이고 적극적인 관점에서 일본문학을 바라보고 싶다는 생각으로「재일에스닉잡지연구회」를 발족했다.

 연구회에서 처음 선택한 잡지는 53년 재일조선인들만으로는 가장 먼저 창간된 서클시지『진달래』였다. 50년대 일본에서는 다양한 서클운동이 일어났고 그들이 발행한 서클시지에서는 당시의 시대정신을 읽을 수 있다. 오사카조선시인집단 기관지인『진달래』는 일본공산당 산하의 조선인 공산당원을 지도하는 민족대책부의 행동강령에 따른 정치적 작용에서 출발한 시지이다. 50년대 일본에서 가장 엄혹한 시대를 보내야만 했던 재일조선인들이 58년 20호로 막을 내릴 때까지 아직은 다듬어지지 않은 자신들만의 언어로 정치적 전투시와 풀뿌리 미디어적 생활시 등 다양한 내용으로 조국과 재일조선인의 현실을 기록/증언하고 있다. 창간초기에는 정치적 입장에서 '반미' '반요시다' '반이승만' 이라는 프로파간다적 시가 많았으나 휴전협정이후 창작주체의 시점은 자연스럽게 '재일' 이라는 자신과 이웃으로 확장하게 된다. 정치적 작용에서 출발한『진달래』는 내부와 외부의 갈등 및 논쟁으로 59년 20호로 해산을 하게 되는데 '재일' 이라는 특수한 환경과 문학적으로 자각한 그룹만이 동인지『가리온』으로 이어지게 된다.

『진달래』는 15호 이후는 활자본으로 바뀌었지만 14호까지는 철필로 긁은 등사본의 조악한 수제 잡지였다. 연구회의 기본 텍스트는 2008년 간행된 후지不二출판의 영인본을 사용했는데 간혹 뭉겨진 글자와 도저히 해독조차 할 수 없는 난해하고 선명하지 못한 문장들은 우리를 엄청 힘들게도 만들곤 했다. 매달 한 사람이 한 호씩 꼼꼼히 번역하여 낭독하면 우리는 다시 그 번역본을 바탕으로 가장 적당한 한국어표현 찾기와 그 시대적 배경을 공부해 가면서 9명의 연구자들이 매주 토요일 3년이라는 시간을 『진달래』『가리온』과 고군분투했다.

　한국에서의 번역본 출간을 앞두고 2015년 1월 이코마역에서 김시종 선생님을 직접 만나 뵈었다. 김시종 선생님은 분단이 고착된 한국 상황에서 이 책이 어떠한 도움이 되겠는가? 혹시 이 책의 번역으로 연구회가 곤혹스러운 일이 생기는 것은 아닐까 하는 염려와 우려에서 그동안 김시종이라는 시인과 조국과 일본사회와의 불화의 역사를 짐작할 수 있었다. 사실 우리 연구회에서도 『진달래』와 『가리온』의 정치적 표현에 대한 걱정도 없지는 않았으나 그렇기 때문에 더욱더 50년대의 재일조선인 젊은이들의 조국과 일본에 대한 외침을 한국에 전해야 한다는 생각이 들었다.

　끝으로 이 번역본이 재일 일본문학과 한국의 국문학 연구자에게 조금이라도 도움이 되었으면 하는 소망을 담아본다.

2016년 2월
재일에스닉잡지연구회
회장 마경옥

「진달래」·「가리온」의 한국어판 출간을 기리며

　1950년대에 오사카에서 발행되었던 재일조선인 시지詩誌『진달래』와『가리온』이 한국어버전으로 출간된다고 한다. 전체를 통독하는 것만으로도 힘들 터인데, 잡지 전호를 번역하는 작업은 매우 지난한 작업이었을 것이다. 먼저 이처럼 힘든 작업을 완수해 낸 재일에스닉잡지연구회 선생님들의 노고를 치하하고 싶다. 나 또한 일본에서『진달래』와『가리온』복각판을 간행했을 때 참여했었는데, 이 잡지들이 지금 한국 독자에게 열린 텍스트가 되었다는 사실을 함께 기뻐하고 싶다.

　『진달래』는 제주 4·3 사건의 여파로 일본으로 탈출할 수밖에 없었던 김시종이 오사카의 땅에서 좌파 재일조선인 운동에 투신했던 시절 조직한 시 창작 서클 '오사카조선시인집단'의 기관지이다.『진달래』는 한국전쟁 말기에 창간되어 정치적으로 조선민주주의인민공화국을 지지하는 입장을 취했는데, 구성원으로 참여했던 재일 2세대 청년들이 시 창작을 통해 자기를 표현하는 매체로 급속히 발전한 결과, 전성기에는 800부나 발행되기에 이른다.

　이처럼『진달래』는 전쟁으로 불타버린 조국의 고통에 자극받은 재일 2세대 청년들이 미국의 헤게모니와 일본 사회의 차별과 억압이라는 동아시아적 현실에 대해 시로서 대치하면서 전개된 공간이었으나, 한국전쟁 휴전 이후 동아시아의 국제 공산주의 운동이 재편되는 과정에서, 일본어로 시를 창작하는『진달래』는 민족적 주체성을 상실했다는 조선민주주의인민공화국의 격렬한 비판을 받으면서 중단된다. 그 결과로『진달래』의 후속 동인지 성격의『가리온』에서 창작에 대한 태도를 관철시켰던 김시종, 정인, 양석일 3인 이외의 구성원은 붓을 꺾게 되었고, 이들 세 사람조차 표현자로 다시 부활하기까지

기나긴 기다림이 필요했다.

　앞으로 『진달래』와 『가리온』을 대하게 될 한국의 독자들이 앞서 언급한 동아시아현대사란 문맥에서 이 텍스트들이 만들어졌고 또한 사라져갔다는 사실을 염두에 두면서 읽어 주기를 나는 기대한다. 다시 말해 정치적 과부하가 걸려 있던 이 텍스트를 과도한 정치성이라는 측면만이 아니라. 한국 전쟁에서 그 이후에 걸친 동아시아 현대사의 격동기를 일본에서 보내야 했던 재일 2세대 청년들의 시적 증언으로 읽어 주었으면 하는 것이다. 내가 『진달래』와 『가리온』을 일본에서 소개할 무렵 강하게 느꼈던 감정이 이런 독법의 필요성이었다는 사실을 한국어판 독자에게 전하는 것으로 서문을 대신하고자 한다.

오사카대학 대학원 문화연구과 교수

우노다 쇼야 **宇野田** 尚哉

1호

창간에 즈음하여
- 종족검정 / 김시종金時鐘 / 7

[공동연작]
- 소상① / 정인鄭仁 / 13
- 늙은 아침 / 정인 / 17
- 밤을 걸고 / 양석일梁石日 / 19

의안
- 주체와 객체 사이/김시종金時鐘

2호

고군을 보낸다
- 해후 / 권경택權敬澤 / 33
- 바다길 / 정인鄭仁
- 그림자 무대 -부재중의 영웅을 위해서- / 정인鄭仁 / 37

[공동연작]
- 소상②/양석일梁石日 / 40
- 방법이전의 서정 - 허남기의 작품에 대해서 -/양석일梁石日

의안
- 나의 성 나의 목숨/김시종金時鐘 / 66

편집후기

3호

[특집] 아메리카

- 적의 이미지 / 정인鄭仁 / 79
- 강박관념의 논리 / 양석일梁石日 / 92
- 분열된 세계 / 조준趙俊 / 102
- 엽총 / 김시종金時鐘 / 116
- 버려진 언어에 대하여 / 조삼룡趙三竜 / 127
- 끝없는 환영 / 양석일梁石日 / 131
- 바다의 허구 / 정인鄭仁 / 134
- 르포르타주 니가타新潟 / 고형천高享天 / 138

제 1 호

(1959년)

第1号 カリオン NO.1
1959年6月20日発行 大阪市東成区大成通1~34 TEL ⑥3817 グループ「カリオンの会」代表 金時鐘 非売品

창간에 즈음하여

우리들은 지난 2월, 만 6년에 걸친 『진달래』의 활동에 막 종지부를 찍었다. 고생에 비해 성과가 적었던 이 기간의 하루, 하루를 우리들은 심히 애석하고 한탄스럽게 생각하며 지금 새로운 사업의 출발을 기하려고 한다. 그 출발지점은 우연한 것이 아니고 일찍이 오사카大阪에서 시지詩誌 『진달래』가 다양한 운동을 지양하며 전개 해 온 지점이다. 『진달래』가 새겨온 운동의 발자취는 그 시시비비에도 불구하고 오늘날의 재일조선인 문학운동에 귀중한 교훈을 남겼다.

『진달래』는 1953년 조국해방전쟁 후반에 당시 재일조선인 운동의 거점이었던 오사카에서 저항시인 그룹으로서 출발하였다. 당시의 사정을 살펴보면 재일 조선인운동은 일본혁명의 일익을 담당하면서, 이른바 삼반투쟁(반미, 반이승만, 반요시다)이라는 극좌파적 편향의 투쟁을 가장 치열하게 전개하고 있었던 시기였다. 그렇기 때문에 저항 시인그룹으로 불리었던 『진달래』도 정치주의를 전면에 내세우고 정치와 문학의 관계에서 당파성 문학이 갖는 확고한 주체성이 아닌 이른바 '동인지'인지 '그룹지'인지 애매한 형태로 정치주의와 야합하고 아첨하는 형세로 운동을 진행했다. 그 점에서 정치주의자들에게 일종의 만족을 주었다. 그렇지만 정치주의와 야합한 시의 운명이 어떠한 것인가는 가장 수치스러워 할 슬로건 시로 귀착한 다수의 사례가 증명하고 있다. 말할 필요도 없이 이 불운을 가장 가혹하게 받아들였던 것이 지방정치주의에 의해 매도된 『진달래』의 사람들이었다. 저항 시인그룹이라는 영예로운 환상에 시달리면서 그들이 차츰 '방법' 의식을 각성한 경위는, 지금 돌이켜보면 꽤 뻔한 것이지만, 당시 사정을 고려해 보면 일종의 결의와 용기를 필요로 하는 것이었다.

이후 이 새로운 문제제기는 재일조선인 운동의 노선전환이라는 역사적 사건을 배경으로 '진달래논쟁'이라는 명확한 형태로 나타났던 것이다. 재일조선인 운동의 노선이 전환되어 올바른 방향이 결정되었다 한들, 일부의 정치주의자들이 완전히 자취를 감추었다고는 할 수 없다. 오히려 혁명주체를 자처한 이들에게 정치와 문학의 관계는 한 층 더 질투할 수밖에 없는 상태이기조차 했다. 사회주의 리얼리즘이라는 일반개념으로 뒤덮인 안전지대에서 숨 쉬고 있는 보수주의자, 교조주의, 도식주의자들에게 새로운 문제를 제기하면서 날카롭게 대결하고 그를 위한 전위운동을 우리들은 공작하고 지지한다.

우리들은 문학창조라는 과제를 통하여 정신형성의 도상에 있는 새로운 발언 등을 '주체성 상실'이라는 한마디로 마치 그것이 반조국적 언동 인양 싹둑 베어내고 무시하는 정치주의자들과 끝까지 대립한다. 우리들은 이 새로운 문제제기를 『가리온』에서 전개해 나아갈 것이다. 동인들의 문제의식을 서로 공유하면서 혁명적인 방법'에 가까이 가기 위한 상호비판을 소홀히 하지 않을 것이다. 우리들은 두 번 다시 실패를 반복하고 싶지 않다. 정치주의에 무비판적으로 끌려 다녔던 자신을 혐오한 나머지, '조선인'이라는 자의식도 애매해졌던 한 때의 진달래에 대해 우리들은 냉철한 비판을 가하고 있다. 조국귀환문제가 현실문제가 된 오늘날, 새삼스럽게 이 잡지를 창간하는 것을 동포들은 결코 간단히 받아들이지 않을 것이다. 그 요인이 무엇인가와는 별도로, 우리들부터가 그 오해에 담긴 위구심危懼心을 거듭 인정하는

것이다. 그렇지만 언젠가는 우리들의 이러한 작업이 미래의
조선 문학에 하나의 초석이 될 것을 의심치 않는다.

  사회주의 국가건설을 향해 돌진하고 있는 조국, 조선민주
주의 인민공화국의 혁명적인 모든 사업의 성공을 『가리온』
은 기원한다.

                1959년 6월   그룹 '가리온회' 일동

종족검정種族檢定

김시종

모퉁이를 도는 것으로
그와 나의 관계는 결정적인 것이 되었다.
두 정류장이나 먼저
버스에서 내린 것도
열쇠모양으로 휘어진
이 모퉁이의 각도를 알고 싶었기 때문이다.
이상하리만치 아주 많이 뒤틀린 부분이
강철이상의 강인함으로
원래의 직선으로 되돌아왔을 때
나는 조용히 걸음을 멈추어
먼저 오른손부터 서서히 네발짐승이 되어 갔다.
놈이 개라면
나는 그 이상의 이빨을 가져야만 한다.
적어도 개에게 당하는 인간이 아니라는 것을 증명하기 위해서
나는 뭔가를 해야만 한다.
좋아, 이놈을 나의 요새로 유인하자!
게다가 나는 요즘 쭉 굶주리고 있고
무엇보다 일본에 와서까지 쫓기는 청춘은 이제 지겹다.
굶주림. 오로지 양으로 해결해 왔는데 굶주림이라니 어떻게
된 일인가!?

그 구부정한 의사 놈

이상야릇하게 쳐 웃으며 "일본인같군"

이라니!?

빌어먹을.

잠재성 B1결핍증에 의한 다발성 신경염이란 뭐란 말야,

쌀이 많이 생산되는 일본의 하얀 쌀을 너무 먹었다는 거지!?

그럴지도.

나의 발육기에 조선에 쌀이 없었던 것만은 사실이다.

그렇지만 그게 어쨌다는 것이야!?

애초부터 우리들에게 전혀 육식의 습관이 없었던 것이 더
문제가 아닌가!

나는 하나의 모퉁이를 돌았다.

그리고 등을 돌린 채 멈춰 서서

놈과의 거리를 좁혔다.

나는 어제까지

그 모퉁이는 나의 흔적을 감추기 위해서만 존재했다.

그러기에 나의 진보와 도망과는 언제나 샴쌍생아이다.

어느 한쪽을 분리시킨다는 건

어느 한쪽이 죽는 것이다.

그렇다.

놈이 덮치는 지근거리에서

동시에 나도 그곳으로 뛰어들면 된다!

나의 반생이 그러했듯이
나의 여생도 반드시 이럴 것이다.
나의 연명은 언제나 변전變轉직전에 도모되어 왔던 것이다.
특별히 오늘 시작되었던 것이 아니다.
나는 천천히
놈과의 시선을 마주한 채 좁은 골목을 가로지르기 시작했다.
놈의 발걸음이 멈췄다.
상체가 휘는 듯 구부러졌다.
질풍에 부채질 된 듯이
나는 공중제비를 하며 외쳤다
"개다!"
누린내가 나는 구경꾼이 모두 일어섰다.
나는 놈을 덮쳤고
친애하는 동포가 포박했다.
진심으로 친애하는 동포에게!
기름과 마늘과 사람의 열기 속에서
나는 당연한 보수報酬를 기다리며 말했다.
"여름은 역시 개장(개국)이구나……!"
대접을 바꾸고 있었던 아주머니(안주인)가 의아한 듯이 빤히
나를 보았다.
그리고 되돌아서서
"아저씨, 이놈도 개야!"

모든 청각이 차단되고
하나의 말뚝에 매어져서
놈의 집요한 집념에 웅크렸다.
조건은 조금도 변하지 않았다.
사지의 대부분을 꺾인 채
놈이 무릎걸음으로 다가와 말한다.
"외국인등록증을 내놔봐"
"등록증 내봐"
"등록증 내봐"
나는 솔직히 대답했다.
태생은 북조선이고
자란 것은 남조선이다.
한국은 싫어하고
북조선은 좋아한다.
일본에 오게 된 것은 그저 우연한 사건이다.
즉 한국에서 밀항선은 일본으로 향하는 것 밖에 없었기 때
문이다.
그렇다고 지금 북조선에 가고 싶지는 않다.
한국에서 어머니 한분이 미라가 되어 기다리고 있기 때문이다.
하물며 하물며
나는 아직
순도 백퍼센트의 공화국공민이 되지 못했다……

아저씨의 손에 익은 몽둥이가
놈의 힐문을 끝냈다.
1격
2격
3격
째가 나의 정수리에 박혔다.
울타리 같은 뒷마당에서
창백한 태양이 3,4개나 격렬하게 춤추었다.
아득한 귀울림과 같이 되살아나는 매미의 윙윙 소리.
틀림없이 내가 납작 엎드렸던 곳은
읍내의 먼지로 뒤덮인 큰길이다.
총대가 밀어낸 도랑단면에
엄지 손가락만한 크기의 지렁이가 땀을 번들거리며 지나간
것 같다.
"이 놈은 빨갱이 중에서도 가치도 없는 놈이다!"
눈앞에서 유창한 조선어를 구사하고 있던 G1 구두가
나의 아래턱을 걷어찼다.
거무스름해진 지렁이가
나의 목구멍에서 오래도록 움직임을 늦추어 갔다.
"이 개는 안 되겠구나"
별 볼일 없는 놈, 안되겠군, 별 볼일 없는 놈, 안되겠군,
별 볼 일 없는 놈……이지…

썰물이 빠지듯이 시력이 멀어져 갔다, 소리가 작고 가늘게
아주 희미하게 사라졌다…….

창백한 태양의 난반사乱反射에 날아오르는 종족불명의 등록증!

[공동연작]

소상塑像[1] ①

정인

소년의 마음은,
철조망으로 이어져 있었습니다.
뻥 뚫린 듯한 맑은 하늘에는,
비행기가 날고 있었습니다.
탱크가 꿈속을
달리고 있었습니다.
쇠로 이루어진 풍경입니다.
아무 것도 가르칠 것이 없는 선생님은,
종일, 철조망을 잘 빠져나가는 방법에 대해서
목소리를 높이고 있었습니다.
즉 그것이
공격의 정신이라고 하는 것입니다.
모두 신의 생각이십니다.
어른이 된 지금
소년은 악덕을 동경합니다.
인간의 생각.

---

[1] 찰흙이나 석고 등으로 만든 상.

천지에서는
이야기가 통할 리가 없습니다.

때문에
적은 언제나 신비한 모습을 하고 있었습니다.
아직도 적은 혼돈스럽습니다.
아무것도 없고
나이프조차 없었기 때문에
소년의 모든 지식은
도망의 지식입니다.
예를 들면 조선인으로부터의 도망.
전우인,
이웃 소년의 우정은
항상 변덕스럽습니다.
어른이 된 지금,
소년은 혼자만의 우정을 믿지 않기로 합니다.
혼자서는 한명도 죽일 수 없습니다.

네발의 기억.
동물들의 표정.
특히

한여름의 짐마차의 그림자는 애처롭습니다.
지렁이의 추악한 호신술.
친밀함은 그러나
반드시 행복이 아닙니다.

선생님은 언제나 위대합니다.
체계가 있고,
신뢰의 미덕이 있습니다.
방공호의 어두운 한쪽 구석에서,
선생님은 공포로 일그러져 있었습니다.
숨을 곳을
가르치고 있었습니다.
때로는
남몰래 서로 부둥켜안고도 있었습니다.
지금도 여전히 방공호가 있고,
게다가 근대건축의 훌륭한
논리는 확실합니다.
어른이 된 지금,
소년은 마네킹을 사랑합니다.

원문p.3박스: 공동연작이라는 형태로 그룹의 기록을 남기고 싶습니다. 거기에서 발견할 수 있는 기묘한 대립과 통일이 가져오는 효과는 정말로 교훈적일 것입니다.

원문p.4 박스: 자신의 무력함을 유일한 이유로 ●●●[2]중압 적으로 복종한다고 해서 자네는 떠났다. 정말로 청천벽력 같은 주도면밀한 준비와 토론에 의해 시작된 일이 이른 출발 전부터 일대●●에 휩싸였다.

『비둘기와 공석』의 작자여. 이것은 정말로 당신만의 빈자리가 아니다. 6년에 걸쳐서 더구나 메울 수 없었던 서로의 공간의 기념이다. 그리고 여기 당분간 메울 수 없을 것 같은 비바람을 맞추는 공간의 표상이다.

---

2) 원문 판독불가. 이하 원문 판독불가는 ● 표시함.

늙은 아침

정인

꾸부정한 자세는 바뀌지 않는다.
태어날 때부터 그랬듯이,
힘껏 페달을 밟는 것도,
바뀌지 않는다.
리듬이 없는 것도,
그래서 속도감이 없는 것도,
변함이 없다.
방향감각 따위는 신용할 수 없기 때문에,
회전하고 있을 뿐.
때문에 같은 슬픔.
같은 악.
어제보다는,
오늘 아침이 춥고, 관절이 아프더라도,
뭔가의 증거가 될 리도 없다.
운전수는 경적.
몇 대의 트럭이 스친다.
계속 울리는 경적의
아스팔트.
직업안정소로 서둘러가는,
노인의 표정은 바뀌지 않는다.

염불도,
주문도,
그리고 아내의 얼굴도 바뀌지 않는다.
핸들을 멈추면 된다.
아주 잠시만.
마음껏 대지를 품을 수가 있다.
원시의 백성은 그것만으로,
가족의 존경을 받는다.
입 안 가득 사육한
살아있는 것을 토해버린다.
윤기가 도는 쥐다.
스릴 있는
멋진 투신자살에,
넋을 잃고 볼 짬도 없다.
튀어나온 내장은 흩어져,
내장덩어리는 금세
콘크리트 그 자체가 된다.
꾸부정한 자세는
그러기에 바꾸지 않는다.

밤을 걸고

양석일

해질 무렵에 운하의
처진 영상을 바라보고 있었다.
물안경을 쓰고
명도明度 10도 속을 잠수해 보면
강철에 끼인 꼽추 남자가
강한 메탄가스가 뿜어져 나오는
진흙에 박혀서
머리카락이 수초같이
엉켜 쏠렸다.
그 놈을 로프로 감아서 끌어 올려
화상흉터로 부패한 안구는
타오르는 석양에 녹기 시작한다.
투명한 하늘에
나카노시마中之島3)제철소의 검은 연기가 천천히 퍼져간다.

나는 두려운 현실에 쫓겨서
티제의 진흙탕을 배로 건너
수십 개의 거대한 굴뚝이 우뚝 서 있는

---

3) 오사카시의 북구에 위치하고 있다. 현재 나카노시마 근교는 오사카의
   대표적인 비즈니스거리이다.

조병창造兵廠4) 터에 찾아왔다.
공간의 기류는 점액과 같이
타버린 철골과
폭파한 벽돌이
잡초 덩굴로 둘러 싸여 있다.
점점 안개에 뒤덮여서
지하에서 영면해 있던 국적 불명인 자들이
무거운 석관의 뚜껑을 밀어 올리고
곡괭이를 어깨에 지고 꾸역꾸역
폐허의 지상에 나타났다.
태양은 사막의 끝에서 타들어가고
청록색 천막이
힘없이 늘어져 있다.
바람은 고요해지고
지상의 모든 것의 생명이 멸종한 듯이
적막한 이명이 울려 온다 …….

                    o

            노파는 사체의 이빨을 그러모으고
            소녀의 유방 화석을 줍는다
            예전의 악덕한

---

4) 무기나 탄약 등의 설계·제조·수리를 하고, 그것을 축적하기 위하여
   사용되는 군대직속의 공장 및 기관을 말한다.

피를 전부 마신 정열을 연상시킨다
큰 머리의 태아의 뇌가

소녀의 가랑이에서 엿보고 있었다
검은 모래 속에서 전갈과 뱀이 교미하는
그 기적의 아름다움
전율하는 마른 나무 뿌리에 떼 지어 모이는 큰 개미떼
차가운 철 같은 사체를 끌어안고
사간死姦의 쾌락에 빠지는 노인의
여생이 얼마 남지 않는 갈라진 살 속에
쥐 한 마리가 서식하고 있다.
가공의 대도시가 무너지는
그 다이나믹한 선을 공간에 그리고
노인과 노파는 손뼉을 치며 기뻐한다
대지의 균열에서 기어 올라온
꼽추의 집념이 강철을 잘게 씹는다
남조선의 기근의 기억이 되살아난다
존재의 형벌로써
아이를 산 제물로 해야만 하는가
아이는 빛나는 나체의 작은 음경을 잡아올려
미래의 꿈을 차단하려고 베어서 떨어뜨린다

악몽을 꾸고 있는 것인지, 현실에서 일어나고 있는 것인지
공백상태의 종말과 같은 땅 끝에서
극도로 긴장된 모세혈관이 뿜어져 나와

앗-하고 근심의 절규를 했다.

의안義眼

※그토록 난행을 거듭하던 재일조선인의 귀국문제에 있어 비록 부속적인 문서처리가 남아있긴 하지만 일단 축하한다. 일본국민 대다수의 양식이 결실을 맺은 것이기에 우리들은 진심으로 환영의 뜻을 표한다. 다만 이 기쁨은 일시적인 것이 아니라는 것에 대해서 얼마간의 의견을 유보한다. 첫 번째, '인도주의'를 억지로 강요하려는 일본의 일부여론창작자들이 그 거짓명분을 걷어냈으면 한다. 재일조선인의 귀국문제가 그러한 방편의 산물이여서는 좋을 리가 없다. 반세기에 걸쳐 단 한 번도 되돌아보지 않았던, 우리들 재일조선인의 주권을 무시하고, 새삼스레 '인도적 조치'라도 있었던 말인가? 그것도 그러한 무권리상태로 밀어 넣은 장본인들이 무심결에 튀어 나온 말이 휴머니티인 만큼 귀국선이 출항할 때까지는 신용할 수 없는 것이다. 무엇이든 물려 뜯겨온 사람이 긴 세월 가까스로 보존해온 단 하나의 주권을 행사하는 것이다. 우리들은 되돌아가는 것을 '하사받는' 것이 아니다. 우리들은 조국, 조선민주주의 인민공화국으로 '돌아가는' 것이다.

※자타가 인정하는 진보적인 어느 일본학자가 필자와의 이야기 중에 역시 '일日·선鮮'이라는 표현을 썼다. 제네바에서 조·일 양국의 적십자사 회담을 일본의 저널리즘은 계속해서 '일선회담'이라고 선전하고 있는데, 이러한 선의를 가진 사람에게도 우리들은 아직도 '센징鮮人'쪽에 속해 있었던 것이다. 바로 십수 년 전까지의 일본과 조선의 관계에서 우리들은 얼마나 '센징'(천한사람이라는 어운에 주의)이라는 멸시로 굴욕을 당해왔던가?! 그것은 일찍이 중국인을

'시나짱코로'라고 선전했던 당시의 일본과 같고, 새삼스
레 말 할 것도 없는 불문율의 금지어이다. 이번의 귀국문제
가 완고하게 '일선회담'이라는 표현을 쓰고 있는 한 이 인
도주의의 실체가 얼마나 판에 박힌 위선인가를 알 수가 있
다. 일본의 치부는 스스로 숨겨야 할 것이다.

(김시종)

주체와 객체 사이

김시종

지지난달 한 기자가 나를 방문했다. 통상적인 질문과 대답이 오간 후에 그 기자가 새삼스레 말한 "어학은?!"이라는 물음에 적잖게 당황했다. 학력을 특별히 내세울 것 없는 나를 떠본 것이라면 이 만큼 심술 맞은 것은 없을 것이다. 그렇지 않고 '시인은 외국어를 공부 해 둘 것', 바꿔 말하면 '시인은 인텔리'라는 역설을 말하기 위한 것이었다면 정말 시건방지다. 실로 부아가 치밀어서 반야유로 "일본어라면 그럭저럭……"이라고 했다. 나는 이 대답에 적잖게 만족했다. 왜냐면 그 기자는 매우 의아스러운 듯 당황해 했기 때문이다.

그렇지만 사실 당황한 것은 '그'였을까? 거울을 마주한 자기의 모습을 주시하듯이 나는 찬찬히 그를 응시하지 않을 수 없었다.

첫째로 그는 '조선인'인 내가 일본어를 구사 하는 특이함을 완전히 무시하고 있었던 것이다. 마치 '농담이죠'라고 말하려는 듯이! 그의 교활함에 멋지게 당한 나는 우선 급한 대로 핑계를 반복했다. "틀림없이 농담이었습니다. 그렇지만 내가 적어도 내가 말입니다. '조선인'이라는 사실만은 인정해 주시겠죠"아, 어쩌면 이토록 슬픈 일인가. 일본어의 가치매김을 위해 '조선인'인 자신을 인정받으려는 것은! 하물며 외국어의 규범 속에서 자신 안의 '조선인'이 소멸해 가고 있는 사실은 어쩌면 이토록 비참한 것인가!

이래 보여도 나는 시인으로서의 위엄을 유지할 필요가 있기에 그렇게 중요하지 않은 또 하나의 이유를 서서히, 그리고 따지듯이 당당하게 계속 지껄여댔다. 현실적인 사회파 시인으로서의 냉정한 눈은 언제라도 이와 같은 불합리한 점에 날카롭게 주의를 쏟고 있다는 증거를 실증하기 위해서 기세 좋은 웅변이 되어 갔다.

"당신이 의아해 하는 것은 당연합니다. 이른바 이것은 일본인인 당신과 일본에 있는 우리들 조선인과의 사이에 가로놓인 거리와 같은 것이지요. 몇 십 년이나 일본에 살고 있는 사람에게 새삼스럽게 일본어의 외국성에 대한 설명을 들으면 당황스러운 것도 당연하겠죠. 받아들이기에 따라서는 뭐 그만큼 서로의 거리가 없어지고 있다고나 할까요"라며 애써 억양을 누른 나는 피우지도 않는 담배에 불을 붙이고 이 일본 매스컴의 말초신경 반응을 기다렸다.

분명히 그의 눈이 흐려지는 것을 알았다. 그의 부주의한 반문이 나오기 전에 나는 조금 지껄일 필요가 있다. 만약 이 때를 놓치면 외국어를 구사하기는 하지만 필수조건, 즉 담보로써의 자국어의 심도가 들추어져서는 엉망이 된다. 다행히 그는 인텔리이다. 인텔리가 편리한 것은 이해력이 좋다는 점이다. 게다가 그는 다소의 진보성조차 겸비하고 있는 듯해서 특히 민족적인 화제에 관한 한 그의 부담감은 엄청났다. 아무튼 이쪽은 '36년'이라는 비장한 카드가 있다. 자칫 잘못하더라도 이전의 난폭한 그들에게 관련된 오늘날의 그들의 무이해의 모습은 그와 나를 판가름 할 때 한층 나에게 유리하다.

"그렇습니다. 정말로 거리가 있군요. 역사의 큰 진폭 속에서 우리들은 분명히 인간적인 화해를 성사시켰습니다. 특

히 조선과 일본과의 관계에서요. 그러나 그 이상의 아무것
도 아닙니다. 단지 으르렁거림을 멈추었을 뿐 서로 반목하
는 직선적인 것이 아니라 조금 더 정확히 고쳐 말하면 완전
히 서로의 대칭 관계가 해소되어 버리고 말았습니다. 당신
이 나의 일본어에 거부감을 느끼지 않는 것처럼, 나또한 당
신이 일본인이라는 것에 조금의 고통도 주눅도 들지 않습니
다. 그렇지만 나는 조선인이고 당신에게도 나는 조선인임에
틀림이 없습니다만, 당신의 의식 속에서 나는 '조선인'이
긴 해도 조선인이라는 '외국인'으로서는 있을 수 없는 것
입니다. 이상한 얘기지요"

　예기치 않은 사태의 진전에 완전히 움츠려든 그 기자는
나의 웅변의 당연한 귀결이 무엇인가를 온몸으로 이해했다
는 듯 얼굴을 들었다. 그의 선량한 좋은 이해력의 표정에
나는 만족했다. 그리고 기세를 몰아 논지가 만족하기에 충
분한 만큼의 웅변의 재료로 나는 느긋하게 자세를 취했다.
그의 인텔리라는 양심에 호소해서 그를 설복시키고 감격시
키기에 나는 얼마나 좋은 절호의 찬스에 있단 말인가. '36
년'을 조금씩 꺼내는 것만으로도 그의 진보성은 적당한 감
도를 표시할 것이고, 특히 전후에 방치된 우리들 재일조선
인의 무권리 상태는 그의 뇌리를 자극하고도 남는다.

　물론 내가 여기까지 언급할 필요도 없이 우리의 선량한
일본 동지는 기자로서 영리한 감각을 얼굴에 드러내고 상냥
하게 일어났다. 나의 존엄은 유지시켰고 이렇게 유지시킨
존엄을 한층 효과 있게 하기 위해서 요령 있게 맺음말을 서
둘러야만 했다.

　"우리들의 관계가 모든 의식 속에서 서로 얽혀 있다는 것
은 불행한 일입니다. 이것은 즉 모든 것이 기준 이하라는

것을 의미하기 때문이죠. 이런 것을 표면에 부상시켜서 전면으로 끌어내는 것이 내가 일본의 저널리즘에 바라는 가장 큰 기대입니다." 그리고 이것이 내가 가지고 있는 일본어와도 특히 관계있다는 것을 강조하고, 약간의 농담을 하는 것도 잊지 않았다.

"적어도 말입니다. 적어도 조지루이카 정도의 특전을 우리들의 일본어'에도 부가를 해야 합니다! 아하하하"

그에게 이견이 있을 리가 없었다. 이 다짐과 같은 뛰어난 개그에 그는 크게 공감을 표하고, 그 이상의 특전이 우리들에게 보장 되어야 한다고 강조하고는 그것이 조금도 시행되지 않는 일본의 현상을 일본인으로서 나에게 거듭 사과했다. 마지막의 악수를 빼면 모든 것이 만족스러운 상태에 있었다. 상대의 손을 도저히 잡을 수가 없다. 서로의 건투를 빌며 내민 손이 마치 어깨죽지 하나를 떨어뜨린 것 같이, 가까워지자 어정쩡해 졌다.

쓱 하고 차가운 나쁜 느낌이 발밑에서 기어올라 왔다. 넘는데 익숙해야 할 다리가 그 균열의 깊이를 알아차리고 있다. 나무아미타불!

타이밍을 놓친 그의 손은 천천히 팔꿈치를 구부려 인사를 했다. 나도 그에 응대했다. 나의 웅변을 복습이라도 하듯이 그는 다음과 같은 말을 남기고 떠났다. "너무 가까워서 모르는 것은 자주 있는 일이지요 김 선생님" 확실히 가깝다! 그렇지만 두 사람 사이의 깊은 틈새를 두려워하는 것은 바로, 넘는 데 익숙해진 다리를 가졌을 나의 머리다!

제 2 호

(1959년)

祝　帰国　　　船　出港

カリオン NO2

1959年11月25日発行　大阪市〔長野〕港局東2-11』TEL-651817』クラーブ・カリオン◎』代表会……

第2号

友。
そして
悶喜。
愛え人の仲間
すべての青組
一人で勢負っ
百年の申し子
妻とともに婚
君が降る。
出れたに婚
赤ちゃんを抱
熱意と
れんたその
旅の波をくぐ
婚る。
君が探し当て
喜。
にもまして
君に与えられ
たしかな港町
喜れないか子供、
処女航
祝国。
ぼくの半生の
虹の園を
ぼくらん！
君も偉んだ！
おめでとう！

高君

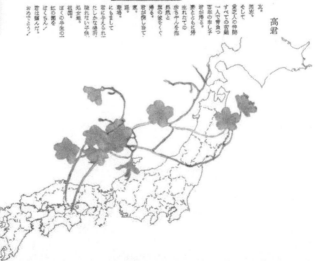

고高 군을 보낸다

친구.
동지.
그리고
가난한 사람의 동무.
모든 고난을
혼자서 짊어지고 있었던 것 같은
백년의 부산물.
그대가 돌아간다.
아내와 함께 돌아간다.
갓 태어난
아기를 품에 안고
의기양양하게
깃발 속을 빠져 나와
돌아간다.
그대가 찾아 헤맨
집.
마당.
직장.
하물며
그대에게 주어진
안전한 장소.
해맑은 아이가 성장하기 위한

처녀지処女地.

조국.

나의 반생을 모두 걸어도 어림없는

무지개 정원을

복진!

자네는 잡았다.

축하한다!

(K생)

해후

권경택

불어터진 풍경
우울한 비의 계절
짧게 갠 사이에
잊고 닫아둔 창문을 반쯤 열어
오사카大阪의 하늘을 바라본다.
호쾌한 무지개
반짝 빛나는 것을 당신은 팔았다.
하늘은 더러워지기 시작하고
더러워진 시계는 시침을 잃어버려서
지금도 당신의 손목에 시간을 새기고 있다.
은의 울림 등이 들리고
밤새 서로 사랑한 것은
그것은 환영인가
샘은 마르고
햇볕에 말라붙은 작은 새의 뼈가 흩어져 있다.
새벽에는
투명한 하늘과
거친 바다를 찾아서
나는 이 땅을 떠난다
태어나 자란 오사카와 헤어지는 것이다

이 발로   비로소 조국의 땅을 밟는 것이다.
이국에서 태어나 자란 기억은
솜으로 감싼 바늘
가슴에 살아 있다.
마음의 응어리는 당신의 미래
문은 어디에 있는 것일까
열쇠를 잃어버린 것은 아닐까.
하늘이 무너지고
비가 부서진다
나의 내부에 자리 잡고 있는 당신의 분신
어린이의 무리가 피투성이 되어
일제히 물웅덩이에 뛰어들기 시작한다.

바다길

정인

전쟁 뒤 깊은 안식이
기적과 같은 아침.
황폐 속에서 상처 입은 격렬한 바다가
태양과 함께 눈 뜬다.

나의 이야기 속에서
숨 쉬고 있던
현해탄의 파도치는 분노 지금
속죄 받으려 하고 있다.

피가 끓는 불꽃과 같은 바다를
일찍이 본 적이 있던가 !
되찾은
나의 손발.
순진한 영혼.
휴화산 같은 가슴의 깊이를 재기 위해서도
곡괭이와 삽을 준비하자.

조국은 바야흐로 우리들의 계시이다.

끝없이 펼쳐지는
파랗게 반짝이는 산업도로.

그림자 무대

-부재중의 영웅을 위해서-

정인

1

예를 들면

도시의 틈새로

익숙한 언덕길이 있다.

냉이가 나고

니조二条의 철로는 녹슨 집념으로

땅위를 기고 있다

언덕길을 굴러 내려오면

크레인의 울림도 중유의 냄새도 나지 않는

물론 노동자도 없는

하얀 항구가 나온다.

완전히 빈손으로 혼자 슬며시.

치욕투성이가 된 실종하기에 적당한 장소.

환영의 항구를

고르는 것은 먼 옛날

모체 속에서 항구를 잃어버렸기 때문이다.

2

예를 들면
폐허의 역사의 온기와 같은
바위와 모래와 바다에
나체를 당나귀에 맡기고
출항한다. 심한 착오다.
과거와 미래와의 경계선은 곧 중심을 잃고
경사의 불안에 몸부림친다.
다만 유일한 자유는
나르시즘의 가늘고 긴 밤을 걷는다.
참극 후와 같은
피 냄새가 나는 정적 속에서
늘 기대 한다
그의 **빨간** 잉크의 유서.
'불타는 초가집의 분노의 노래다'
그렇다 우리들은 피로 이어져 있다.
공손히 절하는 제단의 허무 속에서 본
조부의 모습이다.
집요한 속임수의 분신술 앞에서
당나귀는 무력하다.
온순한 습관의 **뼈**를 주운
나체는 부끄러워하고 있다

3

예를 들면
식지 않는
일본열도의 틈새에서 몹시 싸우는
이민의 시장이 있다.
사랑이나 미움
비밀스러운 우정이 넘쳐나는 속에서
비닐봉지 속 유아의 몸체는
무방비이다.
양복을 입히고 넥타이를 매서
쾌활한 웃음으로 무장할 때
할아버지와 조금도 다르지 않은 젊고 다부진
조선인이 태어난다.
그렇지만 비닐봉지 속은 아무도 모른다
마른 바다는
유랑과 같이 흔들리는 것이다.
저
치열한 싸움이 한창인 때조차
우수憂愁는 마치 물처럼
높아지는 것이다.

[공동연작]
소상塑像 ②

양석일

엄마는 죽음을 생각하고 있다.

이렇게 되면 될 대로 되라는 전술이다.

나에게도 마침내 연공年貢을 납부해야 할 때가 찾아 온 것 같다

일본에서는

누군가가 누군가를 위해서 희생하게 되는 것이다.

그 희생의 차례가 나에게 돌아왔을 뿐이지.

아무 미련도 없다.

많은 연애도 했다.

많은 사랑에 대해서도 얘기 해 왔다.

그러나 사랑은 도대체 뭐였던가?

무엇을 믿고 살아 왔는가!

이 습기가 많은 온난한

모든 전쟁이 끝난 일본열도의 하늘 아래에서

선잠을 실컷 자는 것 만이었을까.

숙면을 취해야만 했다.

대담하게 후회 없이.

지금, 내 가슴은 살기에 떨고 있다.

나 자신을 죽일 양으로.

세운다 묘비명을.

길에서 쓰러져 죽은 나를 묻기 위한.

그리고 새긴다,

　　제군!

　　제군은 도대체 어떤 '죽음'을 희망하는가?

수인囚人의 친구여,

우리들의 청춘의 목격자는 천상에 있다.

그들은 지옥 따위는 모르는 얼굴이구나.

오오, 우리들은

고장 난 심장과 늑골이 없는 가슴을 질질 끌고

수도로 향한다.

우리들의 상처를 치유하기 위해.

동인주소록

양석일 오사카시 이쿠노구 이카이노히가시大阪市生野区猪飼野東
　　2-11

정인 오사카시 이쿠노쿠 다쓰미니시아시로쵸大阪市生野区巽
　　西足代町 66

권경택 오사카시   고노하나쿠 니시노우에쵸大阪市此花区四
　　野上之町 52   야스토호安東方

김시종 오사카시 이쿠노쿠   하라미쵸大阪市生野区原見町
　　4-48

감사후원금

김원식金源植 씨   천엔   김형돈金亨暾 씨   천엔
김이곤金二坤 씨   이천엔

방법이전의 서정

-허남기의 작품에 대해서-

양석일

허남기許南麒[1]의 시에 현저하게 나타나 있는 조선민족의 비애, 통곡, 분노 류는 그 혼자만의 심정 표현이 아닌 그와 세대를 전후로 하는 조선 인텔리젠트들의 소박한 전형이며, 인습적인 조선역사의 카테고리에 속박되어 탈피할 수 없는 향수이다. 그들의 향수는 늘 과거의 심상心象에 촉발되는데 예를 들면 고추나 저고리로 환원된다. 또한 고추나 저고리를 보면 가슴이 복받쳐서 고향을 떠올리는 등의 단순한 상호관계는 그들의 생활이 고향과 밀접하게 연결되어 있을지도 모른다. 그렇지만 자칫하면 그들의 레종 데트르(존재이유)가 고추나 저고리에 의해 인식되는 이른바 이들 사물이 자기의식의 상황을 결정짓는 유일한 에센스인 것 같은 착각에 빠져 있다는 것이 문제다. 그 점에서 우리들 세대와 그들 세대 간에 서로 반발하는 요인이 있고, 지금부터 내가 부정하려는 세대적인 단층이 있는 것이다.

이미 외부에는 조선인에 대한 하나의 편견이 생겼다. 일본은 일찍이 조선을 식민지하에서 통치하고 있었기 때문에 일본의 진보적 지식인 사이에는 일본제국주의에 대한 증오심과 함께 긴 세월을 희생과 가혹한 압박에 견디어 온 조선인에 대한 동정심이 있다. 그리고 조선의 역사가 여전히 이

---

1) 허남기(許南麒, 1918~1988) : 시인이며 한국어와 일본어, 양쪽언어로 작품을 발표하였다.

전의 식민지적 상태에서 해방된 적이 없다는 이미지가 조선인을 더욱더 동정적으로 만들고 있다고 할 수 있다. 이것은 그들이 우리들을 이해하는데 있어서 가장 기본적이 관념이 되었다. 예를 들면 조선인의 성격이 너무 거칠고 야만적인 면과 극단적인 반항정신은 이러한 과거의 비극의 소산으로서 당연한 것이라고 생각하는 것 같다. 그것은 어떤 관점에서는 맞을지도 모르지만, 결국에는 새로운 아이들 세대까지가 선천적으로 무교양적이며 상스러운(격렬한 부부싸움과 여성에 대한 일방적인 학대)기질을 내재하고 있다는 사고까지도 하게 된다. 또한 조선인의 식생활에서는 고추나 마늘이 중요한 위치를 차지하고 있기 때문에 고추나 마늘을 보면 조선인과 연결 지어 이유 없이 싫어하기도 하고 그 카테고리에서 막연히 조선인을 이해하려고 한다. 이러한 점에서 파생한 오해와 중상 압박의 여러 요소를 들면 끝이 없을 것이다. 식민지 당시 일본은 조선의 문화유산을 독점하여 자유롭고 면밀하게 전부 연구하고, 그 연구 자료는 일본의 많은 학자의 손에 들어가서 조선인 자신보다도 일본 학자측이 권위가 있었다. 그러나 일반적으로는 조선민족의 내면성이 정말로 쾌활하며 낙천적이고 대식가이며 격정적으로 되기 쉽다는 것을 아는 사람은 매우 적다.

내부에도 또 하나의 편견이 생기고 있다. 그것은 조선인 자신도 우리들은 비극적인 민족이고 (그것은 틀림이 없지만) 그 비극을 부정하지 않고 긍정적으로 모든 문제를 연역하고 귀납하여, 우리들은 결코 이 비극에서 피할 수 없는 운명이라는 잠재의식이 지배적이다. 그리고 이 비극성을 외부에 떠넘겨서 무의식 중에 동정을 받으며 거기에 기대어 왔다. 그런 점으로부터 생겨나는 사고와 정감의 패턴이 어떤 것인가는 다음 시에 현저하게 나타나 있다.

귀를 기울이면
노랫소리가 들린다
한밤중에
눈을 뜨고 귀를 기울이면
아득히 먼 구름 위에서 노래 소리가 들려온다.
그것은
소리도 없이 창문을 열고 장지문을 열어
나의 가슴의 단추를 확 뜯어내어
심장의 한 구석에서 메아리친다
그리고 눈꺼풀 위에 작은 이슬을 남기고 사라져간다

그 노래 소리는
그것은
도카이도선東海道線과 산요선山陽線으로 규슈하카타九州博多까지 가서
거기에서 또 3만엔의 밀항비로 현해탄을
넘어갔다
그러므로 그것은
고추냄새가 난다
때문에 그것은
내 사지를 떨리게 한다

내 고향의 산이 노래 부른다
내 고향의 강이 노래 부른다
그리고 그 많은 슬픈 마을 사람이 노래 부른다
그리고 그 많은 가련한 역사가 노래 부른다

긴 세월을
어둡고 차가운 밤 속에서 지내고
오늘 또 어둠 속에 내몰린
조선의 땅이 부르는 노래 소리임에 틀림없다
그러므로 그것은
밤에 밤 구름 속에서 메아리쳐서
멀리 타국 땅에서 살고 있는
나의 심장까지 깨운다

아아
밤에 한밤중에 들려오는 노랫소리여
나는 너를 위해서
또 얼마만큼의 눈물을 모아야만 하는 것일까
노랫소리가, 나의 마음을 죄어온다
노랫소리가, 내 눈물을 쏟아낸다

(「밤중의 노랫소리」)

    이것은 시집 『조선겨울이야기朝鮮冬物語』의 첫 부분에 수록되어 있는 작품이다. 『조선겨울이야기』는 조선동란 중에 출판되어, 이른바 허남기 붐을 만들었던 아마도 허남기의 전 시집 중에서 가장 주목할 만한 역작이지만, 부산시집 『경부선京釜線』과 광주시집 『영산강榮山江』『다시 영산강又榮山江』 등, 대상을 고작 기교적으로 파악한 것과 10월 시집의 연작 「10월」을 매우 냉정한 눈으로 그린 작품의 서정에는 호감을 가질 수 있더라도 그 외에는 뭐라 말할 수 없는 심파적인 감상과 그 저변에 일관적으로 흐르고 있는 낡고 전근대적인 감성은 고찰의 여지도 없다. 이 전근대적이고 낡은 감성은

『허남기시집許南麒詩集』2)에서 더욱 더 깊어진다.

위의 작품 등도 자연발생적인 발상과 장인적인 문장은 제쳐두고라도, 도대체 여기에서는 어떠한 실체가 있는 것일까? 허남기의 작품에는 많은 '노래'라는 표현이 사용되고 있다. 이것은 그의 노래 즉 시에 대한 사고를 표현하는 모든 것이다. 그러나 이 노래는 일본의 시인 오노 도자부로小野十三郎3)가 주장하고 있는 확고한 사상성에 지탱되어 논리화 된 것이 아니고 그저 막연히 솟아나는 심정을 그대로 흘려 부른 것이다. 독자의 내부에 있는 낡은 감상적인 서정을 자극하고 그 감동을 불러일으키려고 구성된 것이다.

『허남기시집』에 있는「선물おくりもの」등도 그의 노래에 대한 자세의 전형적인 일례라고 할 수 있다. 그는 그 작품 속에서 가난한 한 처녀가 시집갈 때 아무런 혼수가 없으니 그저 하나의 시를 산더미처럼 쌓아 보내라고 하는 것이다. 또한 처녀의 신랑이 되는 남성에게도 "젊은이여 자네에게 보낼 것도 시밖에 없다네. 금갈기 밤색 털빛의 말에 안장을 높이 놓고 창 하나 검 하나 들려 보낼 수 없기 때문에"그럼에도 불구하고 그가 보내려고 하는 노래란 '슬픈 노래 괴로운 노래 어두운 노래 고통스러운 노래도 너를 격려할 것이다 곤혹스러운 노래 한숨의 노래'라는 실로 의미 없는 형용사를 나열하는 것에 지나지 않는다. 그의 노래의 실체를 뒤집어 본다면 그것은 기사도적인 낭만정신이라고도 할 수 있다.

내 고향 산이 노래 부른다

---

2) 허남기시집許南麒詩集은 1955년 7월에 東京書林에서 출판되었다.
3) 본명은 오노 도자부로(小野 藤三郎, 1903~1996)이며 시인이다.

내 고향의 강이 노래 부른다
그리고 저 많은 슬픈 마을 사람이 노래 부른다
그리고 저 많은 슬픈 역사가 노래 부른다

라는 식으로 자신의 깊은 내면에서의 강렬한 자기부정과 현실인식의 애매모호함이 시 작품을 얼마나 타락시키고 무기력하게 하는가는 위의 시의 일부에서도 명확하다. 일상적인 과제 즉 재일조선인으로서 자각하는 데에 적극적으로 작용하는 현실감각이 바다를 사이에 두고 조국의 추상적인 이미지로 둔갑되어 이른바 죄수와 닮은 심정의 착각에 빠진 것이다.

고향의 산이 어떤 시를 노래하고 고향의 강이 어떤 시를 노래하며 그 많은 슬픈 마을 사람이 비참한 역사가 어떤 시를 노래하는가에 대해서는 전혀 구체화시키지 않고, 그냥 노래하는 것에 지나지 않는 처리방식은 너무나도 안이하지 않은가. 그리고 그들은 지금부터 일어날 우리 조선민족의 비극적인 멜로드라마를 위해 눈물을 모으고 있는 것이다. 마치 눈물을 모으는 것이 최대의 미덕인 것처럼 그는 향후에도 조선은 비극적 운명에 있다고 믿고 있다. 허남기의 여성적인 생리도 그러하거니와 항상 눈물을 흘리면서 바람에 떠도는 시인의 주체성은 시대착오일 것이다.

조선동란의 동포·동지의 대살육과 근대에 극도로 발달한 첨단 무기에 의한 연이은 파괴, 무시무시한 음모와 상상할 수 없는 폐허 속에서 기아와 죽음의 공포에 내던져져서 절망과 구원을 찾는 군상의 갈등을 내면에서 파악하지 못하고, 단순히 "그 많은 슬픈 마을 사람들이 노래 부른다"라고 끝낼 수 있는 시인 허남기의 정신구조는 빈곤한 상상력

의 노정은 물론이거니와 방법론적으로도 빈약하다는 것을
의미하는 것이다.

이마무라 타이헤이今村太平4)가 「현대영화론」에서 비행 중
의 조종사가 총에 맞아서 의식을 잃더라도 카메라는 혼자서
회전하고 있다. 비행기가 추락하여 지상에 격돌한 반동으로
이 카메라가 내동댕이쳐지면 그것은 시시각각 다가오는 대
지를 냉담하게 비추며 찍을 것이라고 했는데, 시인에게는
이 비정하고 냉혈한 카메라와 같은 카메라 아이5)가 필요하
다. 생존경쟁이 격렬한 일본의 현실 속에서 북적대고 괴로
워하며 통탄하는 재일조선인 동포들의 실체가 카메라 아이
를 통해서 파악되어 우리 앞에 난폭하게 내몰고 심판하는
것이다. 현실 속의 허위, 허허실실의 인간상을 추출함으로써
새로운 활로를 개척할 수 있다. 자신의 권태와 타성, 불안과
절망적인 상태를 강렬하게 형상화함과 동시에 그것이 점점
위기적인 정황을 계속 형성하는 것을 해체해 보여야만 한
다. 최근에 뷔페6)의 개인전을 보고 그것이 참으로 인간의
깊은 내면의 기민함을 건드리는 데다가 현대의 불가시적인
세계의 무거운 고뇌에 견디며 구성되어 있는 공간과 예각의
직선적인 위기감은, 보는 이로 하여금 가슴을 쥐어뜯게 하
는 것이 있었다. 예를 들면 '가죽이 벗겨진 토끼'라는 그
림은 고기 덩어리가 아무렇게나 접시 위에 놓여 있을 뿐이
지만 그 고기 덩어리에서 불거져 나오는 이미지는 점점 나

---

4) 본명 今村大平 (1911~986) : 일본의 영화평론가이며 특히 영화이론의
   분야에서 활약했다.
5) 피사체를 가장 효과적으로 잡는 감각이나 능력을 말함.
6) 베르나르 뷔페(1928~1999) : 프랑스의 화가. 매년 주제가 있는 연작
   을 발표하며 구상계의 샛별로 명성을 얻었다. 가혹할 정도의 날카로운
   묘사로 현대의 도시의 고독과 불안함을 잘 표현하였다.

의 뇌리에 새겨져서 '가죽이 벗겨진 토끼'가 갖는 고차원
적인 영상과 사고의 세계에 빨려 들어가서 그 잔학함에 증
오를 느끼고 거기에서 탈출할 방법을 생각하려고 노력한다.
또한 '교회'라는 화면은 적막 그 자체의 세계이지만 그 공
간의 암울함과 긴장도는 평범하지 않은 상태를 암시하고 있
다. 바늘 끝으로 찌르면 구성된 것이 금방이라도 붕괴할 것
같은 긴장도이다. 외면적으로는 신성한 교회도 그 문을 열
고 한 발짝 안으로 들어가 보면 악의 꽃이 흐드러지게 피어
있을 지도 모른다. 아무도 그렇지 않다고는 단언 할 수 없
을 것이다.

　물론 뷔페의 그림은 자본주의 사회의 극한의 인간관계나
부조리의 시니컬한 표현이어서 사회주의 리얼리즘과 본질적
으로 연결되어 있지 않지만, 적어도 구상具象회화의 새로운
가능성의 측면을 계시하고 있다고 할 수 있다. 기계문명이
발달한 현대에 있어서 예술은 이제 안이하게 존속할 수 있
는 것이 아니다. 첨예한 문제의식과 강렬한 오리지널리티와
현실을 자유자재로 변혁해 보는 상상력이 예술가의 내면에
드높이 맥 뛰지 않으면 안 된다. 뷔페가 자본주의사회의 말
기적인 포화상태에서 인간의 의식을 이처럼 선명하게 조형
할 수 있었던 것은 그가 시대의 증인으로서의 시련자試練者
였기 때문이다.

　그런데 허남기는 그 자신과 가장 친근한 재일조선인의 실
체를 노래한 적이 있을까? 재일조선인의 희로애락의 표정,
다양한 희·비극을 그 근원적 인간관계에 대하여 쓴 적이
있던 것일까? 재작년 재판한 시집『조선에 바치는 노래朝鮮
に捧げるうた』는 조국의 평가를 빌리면 "구체적인 생활에서
의 전형적 형상을 통해서 재일 동포 60만의 투쟁의 모습과

그들의 고상한 정신세계를 우리들에게 생생하게 전한다는
점에서 이 시집의 의의는 특별히 크다"라고 최대의 찬사를
보내오고 있지만, 이『조국에 바치는 노래』와 그 외에 한
정된 자료에서 간접적으로만 재일동포의 실상을 알 수밖에
없는 조국의 입장에서 이러한 평가기준이 생겨나는 것은 무
리가 아니다. 그러나 시집『조국에 바치는 노래』의 내용이
나타내듯이, 재일동포 60만이 혁명적 투쟁을 추진하여 고상
한 정신세계를 형성하고 있다는 것은 진실이 아니다. 진실
이 아닌 것을 진실로서 파악하여 받아들이고 있는 것에서
생겨나는 정세분석은 당연히 그릇 된 결과가 된다. "이미
패전 혁명은 완패하고 재생 된 일본의 전후자본제도가 안정
공황기에 접어 들어가는 현재"(요시모토 다카아키吉本隆明
『예술적 저항과 좌절芸術的抵抗と挫折』)재일동포들의 생활은
점점 궁핍 상태로 내몰리고 있다. 여기에 저항하려고 하는
의식은 있더라도 일본의 정황 속에서는 그것을 방법화 할
수 있는 기반이 없다. 오사카大阪의 이쿠노生野는 재일 동포
의 최대의 밀집지인데, 거기에서 북적이며 사는 동포들은
영세기업과 일용직 인부와 공장 노동자 등을 하면서 생활의
양식을 겨우 얻고 있다. 일분일초를 다투며 어음을 결재하
거나 부도를 맞아 속수무책이 되거나, 노동자는 잔업으로
지쳐서 술 한 잔을 마시고 자는 것이 유일한 낙이다. 전후
자본제도의 안전공황기에 접어들고 있는 현재의 생산관계
속에서 온존하고 있는 의식은 나른하고 음험한 형태를 띠고
있다. 한편, 이 음험함이 노골적으로 표면화하면 모리노미야
군수공장터森之宮造兵廠跡7)의 주변을 둘러싼 통칭 '아팟치'

---

7) 오사카시에 있었던 일본제국육군의 병기공창(조병창)이다. 태평양전쟁의
   패전까지 대형화포를 주체로 하는 병기제조를 꾀한 아시아 최대 규모의

부락으로 불리는 동포들과 같은 행동으로 나타난다. 그들은
저녁 6시경부터 그 다음날 아침 9시경까지 일을 계속하고,
그러면서 전쟁터를 뛰어 돌아다니는 것 같은 위험에 노출
되어 있음에도 불구하고 목숨을 걸고 먹이감을 구하고 있
다. 거기에서는 많은 동포들이 희생됐는데, 어떤 자는 운하
에 빠지고, 어떤 자는 전차에 부딪히고, 어떤 자는 도망 도
중에 어이없는 최후를 맞이한다. 그렇지만 그들의 집념은
우리들이 상상하지 못한다. 백관(375Kg)이상이나 되는 철을
4명의 남자가 몇 백 미터 떨어진 선착장에 짊어 나른다. 그
것이 15시간 가까이나 계속되는 이 엄청난 중노동에 견디고
있는 그들의 사고형태를 『조국에 바치는 노래』에서는 어떻
게 노래하고 있는 것일까?

또한 젊은 세대로 눈을 돌려보면 불안과 허무, 희망과 의
혹의 눈이 껌뻑이고 있다. 대부분의 젊은 세대는 일본에서
태어나서 일본어를 사용하고 일본적 생활, 관습, 풍속 속에
서 성장했기 때문에 외관상으로는 일본인과 별 차이가 나지
않은 것은 당연하다. 이 점에서 그들의 번민이 시작된다. 그
리고 그 해결의 실마리로써 조선학교에 입학하는 자도 많으
며 조선사, 국어, 사회과학을 배움으로써 재학 중에는 잠시
나마 그 번민도 사그러들지만, 졸업 후에 즉 그들이 다시
현실의 한 가운데에 던져지면 이념과 현실 사이의 모순을
고민하기 시작한다. "이념으로서의 조국은 가지고 있음에도
불구하고 생리화 된 실체로서는 감지할 수 없는 정신상태
(문자 그대로 유민적인 것)의 근원을 찾아서 그것을 극복해

군사공장이였다. 또한 전쟁 중의 일본에서는 중공업 분야에서 최고의
기술과 설비를 가지고 있어서 관공서나 민간의 요청에 따라 병기이외의
여러 금속제품도 제조했다. 오사카 육군조병창이라고도 불린다.

가는 과정"(정인 「조선인이 일본어로 시를 쓰고 있는 것에
대하여」)이 필연적으로 요구되는 이유이다. 이렇게 생각해
보면 조국에서 이해하고 있는 우리들의 영상과 진실의 우리
들과의 사이에는 많은 차이가 있다고 생각한다. 그리고
『조국에 바치는 노래』는 그들의 낙관적 혁명의식과 낙천
적 시대착오적으로 해석되었던 관념적인 시집이라고 할 수
있다. 허남기는 그럼에도 결의한다.

조국의 형제들
같은 날 같은 곳에
함께 앉아
조국을 같이 지키고
같이 싸웠다는 기쁨을
함께 서로 나눌 수 있는
그러한 자신이 되기 위한
갑주(갑옷과 투구)를 나는 두를 것이다.
올해에는
생철로 만든 갑주를
나는
전신에
두르겠지   (연두소감)

그렇지만 생철로 만들어진 갑주를 전신에 두른다는 보증
은 아무 것도 없다. 우리들이 현 단계에서 다음의 고차원적
인 자신으로 비약하기 위한 모멘트는 작품 속에서 공언해야
하는 것이 아니고, 작품 그 자체에 정착시키고 전개해야만
하는 것이다. 그가 그러한 자신이 되었다는 감동을 독자로

하여금 이야기하게 하는 이미지를 작품에 정착시켜야만 하는 것이다. 허남기가 "생철로 만들어진 갑주를 전신에 착용하겠지"라고 할 때, 조선은 앞으로도 비극적인 운명에 있고 그 때문에 눈물을 모으고 있는 또 하나의 그와 대치해 보면 거기에 이율배반적인 사고가 있다. 그는 이 모순에 아무 저항도 없이 작품을 계속 쓰고 있기 때문에 놀라우리만큼 무신경하다. 이 무신경은 그들 세대의 일반적인 타입이라고 할 수 있다. 그들은 조선의 비극의 모든 책임소재를 외부에서 찾고, 외부의 압박으로 자신들은 단지 증오로 불타고 슬픔에 빠져 있는 듯한 자세이다. 이른바 자신의 무력함을 관심거리로 하는 경향이 있다. 조선인의 내부에 잠재된 인습적인 습성과 인간관계, 역사적 모순과 자기추구의 안이함과 세계관은 마르크시즘이면서도, 사생활에서의 언동을 보면 봉건적인 실로 꽁꽁 얽어매어져 있는 등, 자기 자신의 내면에 집요하게 둥지를 틀고 있는 고정관념을 문제시하지 않고, 그저 증오와 슬픔과 분노를 노래하고 있다. 이 피상적인 외침만큼 무력한 것은 없다. 조선이 오늘날까지 학대받아 왔던 역사의 근원에는 이러한 자기 자신에 대한 희박한 인식에 의한 점이 크다. 허남기가 아무리 "생철로 만들어진 갑주를 나는 전신에 착용하겠지"라고 힘주어 봐도 거기에 다다를 때까지의 내부 출혈을 전혀 볼 수 없을 뿐만 아니라 그 평반平盤에 나열된 말을 보면 현대에서 시란 무엇인가라는 물음 이전에 허남기의 심경의 허세에 신물이 난다.

나는 이 부분에서 허남기의 풍자시에 대해서 언급해 둘 필요가 있다. 왜냐하면 그의 시의 계보 중에서 풍자시가 매우 중요한 위치를 점하고 있기 때문이다. 그렇지만 그의 풍

자시가 현대시(현대시라는 용어는 특별히 일본의 현대시만
을 말하는 것이 아니라 세계적인 시의 경향을 가르킨다)의
관점에서 보면 과연 풍자시로서의 기능을 충분히 다하고 있
는가에 대해서는 의문이다. 그의 풍자시에 대한 관념과 현
대시적인 풍자시와의 사이에는 상당한 시대적인 격차가 있
는 것 같다. 나는 풍자시의 정의를 할 생각은 조금도 없다.
그러나 현대시에서 풍자시가 바야흐로 풍자 그 자체에 의미
를 두는 것보다도 시로서의 기능을 충분하게 관철하는, 종
전보다 한 층 더 복잡한 구성으로 되어 있는 것만은 분명하
다. 즉 보다 고도의 예술성이 풍자시의 저변에 흐르고 있지
않으면 안 되는 것이다.

삼가 아룁니다 요즈음 쌀쌀한 가을에
장관님께서는 감기도 걸리시지 않고
복통도 일으키지 않고
여느 때처럼 그 왕성한 전투정신을
손난로 대신 태우면서
매일매일 무사하게 서로 지내시고 계신지 어쩐지
여기에 있는 일개 조선의 시인은
밤낮으로 그것만이
걱정입니다
장관님이 덜컥 죽어보세요
아아 생각만으로도 슬픈 일이면서
당신과 잘 어울리는 한 쌍의
기무라 장관님이 얼마나 실망 하실까요
당신과 그와는 예를 들면 자동차의 양바퀴
당신이 문교文教[8]의 차바퀴를 탁 한번 밀면

그분은 군비의 차바퀴를 툭하고 한번 밀고
비틀비틀
영차 으라차차
구호 소리도 늠름하게
당신은 일본을 무리하게
역사 속으로 되돌리려 하는
도조 히데키東条英機[9]나 히틀러의 시대로 돌아가려고 합니다.
그렇게 되면 일교조日教組[10]도 없고
'관공로官公労'의 기관지에
'요시다 수회내각타도
국회 즉시해산'이라는
'정치적' 슬로건을 내건 것 같은
뺑치는 교원도 없어지고
또한 그것을 옹호해서
'언론의 자유라는 입장에 선
 양식에 따라서'
당신이 만드신 교육 이분법의
적용을 부당하다고 하는
교원도 없어지고

---

8) 문무과학성文部科学省의 예스러운 말
9) 도죠 히데키(東條英機, 1884~1948) : 일본의 육군, 정치가. 태평양
   전쟁에 참가했으며, 관례를 깨고 육군 장관과 참모총장을 겸임했다.
   패전 후에는 권총자살을 시도하지만, 연합국군에 의해 목숨을 부지한
   다. 그 후에 연합국에 의한 동경재판에서 A급 전범으로 기소되어
   1984년 11월 12일에 교수형에 언도되어, 1948년 12월 23일 만 64세에
   스가모구치소巣鴨拘置所에서 사형집행 된다.
10) 일본교직원조합日本教職員組合(Japan Teachers' Union) : 일본의 교
    원과 학교직원에 의한 노동조합의 연합체이다. 약칭은 일교조日教組
    이다.

아아 세상이 완전히 태평성대가 되도록
그러나 불행하게도
역사는 거꾸로 돌아가지 않습니다
···   (후략)
                              (오다치大達문부 장관에게)

　매우 단순한 이 변증법도 그러하지만, 허남기는 여기에서
오다치문부장관11)을 놀리거나 비아냥거리고 있기는 하지만
결코 풍자는 하고 있지 않다. 정치가에게 있어 놀림당하거
나 비아냥거리가 된다는 것은 오히려 자기선전이 된다고 하
는 명쾌하고 단순한 사고를 가지고 있다. 때문에 허남기는
오다치문부장관을 풍자한다는 것이 거꾸로 선전하는 결과가
되어 버렸다. 그들을 향해서 평화를 외쳐 보기도 하고, 악덕
을 저주하더라도 그것은 아무 보탬도 되지 않는다. 그들에
게 무서운 것은 현상 속의 디테일한 부분에서 그들의 인간
관계의 악순환, 그 조직구조의 여러 모순을 해체하고 격렬
한 비평정신을 가하는 것이다.
　그는 이 풍자시를 연장해 보았자, 스스로도 말하고 있듯
이 소설이라고도 서사시라고도 할 수 없는 장편X를 쓰고 있
다. 『허남기시집』 중에 「목이 없는 나라이야기首のない国もの
がたり」 가 그것이다. 그러나 「목이 없는 나라이야기」 는 그
가 생각하고 있는 것처럼, 새로운 실험도 뭣도 아니며 오히
려 그의 시의 낡음을 여실히 보여주는 하나의 견본이 되었
다. 독자 중에는 「목이 없는 나라 이야기」 의 내용을 모르
는 사람도 있을 것이기에 일단 대강의 줄거리를 보고 난 후

─────────────

11) 오다치 시케오(大達茂雄, 1892~1955) : 일본내무관료, 정치가이며,
　　제5차 요시다吉田내각의 문부장관이다.

에 논하겠다.

「목이 없는 나라이야기」의 주인공은 쥬바戎馬이며 그는 빈곤에 견디면서 법률을 배우고 있는 청년이다. 그는 대한민국에서 입신출세의 지름길은 고등문관시험에 합격하는 것이라고 생각했기 때문에 한눈을 팔지 않고 '누가 조국을 망하게 하든 그리고 우리 조선이 그 때문에 얼마나 개죽음을 당하고, 얼마만큼 젊은 우리 형제가 타국의 침략전쟁의 총알받이나 아니면 노예로 되거나' 그런 것은 상관없이 오르지 면학에 힘써서 마침내 만주제국고등문관고시행정과' '대일본제국고등문관시험사법과'라는 2개의 고급관리등용시험에 합격한 것이다. 합격한 쥬바는 어느 군郡의 경찰부장으로 근무하게 되었는데, 그의 근무태도는 엄연한 준법정신에 입각하여 혈육도 감옥에 집어넣는 비정한 모습이었다. 그가 열심히 일한 덕분에 유치장은 곧 초만원이 되고 신축하는 꼴이다. 그러나 조합운동과 당원 활동은 점점 활발해져, 한편에서 악랄한 경찰부장도 감당할 수 없게 되어 버린다. 그런데 우연히 덴킨天近이라는 시골의사가 인간의 머리를 떼어서 대용代用두뇌를 이식할 수 있는 수술에 성공했다는 뉴스를 듣고 쥬바는 곧장 의사를 불러 한 사람의 죄수에게 실험을 해 보았는데, 결과가 매우 좋아서 수술을 받았던 악질 죄수는 전혀 재능이 없는 멍청이가 되어 버렸다. 기뻤던 쥬바는 계속해서 수술을 행하여 결국에는 콘베어 벨트를 사용하는 수술의 흐름 작업화까지 생각해 낸다. 거리에는 목이 없는 인간이 넘치고 이제는 목이 있는 인간의 존재가 희귀할 정도로 범람한다. 그렇게 되자 기독교신자인 덴킨의사는 양심의 가책에 괴로워하며 몇 번이고 쥬바에게 수술을 거절하지만, 그 때마다 쥬바는 차갑게 타이른다. 그러나 그

러는 동안 기상의 변화가 일어난 것인지 쥬바 자신도 양심
의 가책으로 괴로워하며 초초해하기 시작하고, 최후에 덴킨
의사가 인솔하는 목 없는 인간이 청사 내에 몰려들어 거기
에서 이야기를 주고받은 후에 쥬바는 목 없는 인간이 되어
버린다는 이야기이다.

이러한 이야기의 줄거리만을 보면 많은 흥미가 일어나지
만, 실제로 작품을 읽어 보면 거기에는 허남기 특유의 유머
로 산만한 톤이 전체를 일관하고 있어서 중간까지 읽기도
전에 어떤 결과에 도달할 것인가를 알게 되고 만다. 허남기
는 말의 압축을 전혀 모르는 시인이다. 하나의 에피소드를
부풀리기도 하고 질질 끌기도 해서 한 줄이면 충분한 것을
10, 20줄이나 할애하지 않으면 성이 차지 않는다. 이것은
그가 시에서 비유의 문제, 특히 메타포에 대한 무지를 의미
한다. 대상의 파악, 분석방법이 현상적 규범에서 한 발짝도
나가지 못하고, 일상적인 경험의 단순한 반영으로 끝나 버
리기 때문이다. 거기에서는 표현의 개혁, 새로운 표현의 발
견 등은 있을 수 없다. 하나의 새로운 날카로운 언어를 발
견하기 위해서는 대상을 일상적 경험의 반영으로 끝나지 않
고, 다양한 앵글로 해석된 것이 시인의 정신질서 속에서 총
체적인 것으로서 추출되어야만 한다. 현대 시인이 메타포에
관심이 있는 것은 "두개의 이질적인 사물을 시인의 정신
속에서 하나의 추상적인 총체를 형성하는 작용을 가지고 있
기 때문이다." (오오카 마코토大岡信 「메타포에 관한 일고찰
メタファに関する一考察」)

직유법도 대상을 물질로서 파악한 릴케[12]가 비로소 훌륭

---

12) 릴케(Rainer Maria Rilke, 1875~1926) : 오스트리아의 시인이자 작
가이다.

한 기능을 발휘하지만, 공중에 하늘하늘 춤추는 백지를 닮은 언어로 조형된 시의 기반은 독자를 감동시키기 이전에 스스로 소멸해 버린다.

「목이 없는 나라의 이야기」가 비논리적으로 앞뒤가 맞지 않는 것도 주제 그 자체를 깊이 인식하지 않고, 그냥 하나의 아이디어(시시한 아이디어이지만)를 살리려고 시적기능으로 완전히 결여된 언어를 난잡하게 나열한 결과이다. 「목이 없는 나라의 이야기」가 얼마나 앞뒤가 맞지 않는 구성으로 되어 있는가는 종장 부분에서 극적인 정점으로 되어야만 하는 부분에 노정되어 있다. 그 부분에서 그의 해결수단은 늘 현대사회에서 가장 미력한 양심, 통속적인 휴머니즘에 기대어 그것이 마치 문제의 근원으로부터 파악된 해결책이라고 생각하고 있다. 그리고 그 결말은 싸구려시대(에도시대의 문화문정文化文政시대)소설, 도에이샤東映社의 시대극과 닮아 있다. 그는 작품의 진행 중에 문제가 확대되고 감당할 수 없게 되면, 덴킨의사의 기독교적인 양심에 의지하거나 냉혹하고 무자비한 입신출세주의자였던 청년의 양심의 가책에 매달리기도 한다. 따라서 호감 가는 청년이었다면 그나마 괜찮지만, 만일 양심의 가책 따위를 조금도 느끼지 않는 남자였다면 해결 방법은 없어져 버린다. 게다가 현실에는 이런 유의 인간이 범람하고 있다. 허남기가 첫머리에서 그린 청년도 이러한 전형적인 휴머니즘으로 파악할 수 없는 입신출세주의자였을 것이다. 그것이 도중에서 약해져 버린 것은 명백히 도중부터 허남기적 양심을 주인공에게 위탁했다고 할 수 있다. 게다가 마지막에 쥬바가 유령처럼 완전히 쇠약한 덴킨의사와 목이 없는 사고능력 제로의 상대에게 수술을 받아 목이 없는 인간이 되어 버린다는, 이 비과학적인 구성

에 놀란다. 현명하고 냉혹한 권력자 쥬바가 어떻게 덴킨과
같이 노쇠하고 사고능력 제로의 인간에게 수술 받는 것일
까? 그는 마치 이 장면을 대중폭동과 같이 묘사하고 있다.
그 대중파악이라는 것은 단지 기가 막힐 뿐이다.

『허남기시집』 중에서 한편 더 인용하겠는데 내가 굳이 이
작품을 인용하는 것은 이런 점에서 허남기의 서정의 본질의
얼굴을 엿볼 수 있다고 생각하기 때문이다.

단장(3)

구름을
바라보고 있자니
문득
눈물이 난다
산다는 것은
어렵
구나

도대체 그는 이 복잡하고 매우 괴기한 허허실실의 현대사
회의 메카니즘을 어떻게 인식하고 있는가. 공산주의와 자본
주의와의 심리적인 대결에서 발생하는 미묘한 시에는 전율
할 만한 위기감을 어떻게 받아들이고 있는 것인가. 서서히
밀려오는 불가시한 압력에 의해서 우리들의 존재지점이 반
점처럼 축소되어 발끝으로 서야만 하는 곳까지 내몰리고 있
는 지금, 그저 "산다는 것은 어렵구나"라고 탄식하는 것만
으로 해결할 수 있는가? 여기에 이르면 이제 허남기는 흔한
한사람의 노인이든지 아니면 문학청년에 지나지 않는다. 시

인은 때로 이와 같은 무력감에 엄습당하지만, 이때야 말로 시인이 가장 주의해야만 하는 위기상태이고 그것을 극복하는 것이 현대시인의 고통이고 명제인 것이다.

나카노 시게하루中野重治[13]가 『허남기시집』에 대해서 "이 시집을 위해서 무언가를 쓸 수 있는 것이 나는 기쁘다. 또한 그것을 명예롭게 생각한다. 이 사람의 시를 처음 봤을 때 사로잡힌 감동은 지속적인 것이었다"고 서술하고 있지만, 과연 지속적인 감동으로 나카노 시게하루의 가슴 속에 지금도 살아 있는 것일까? 이것은 의문이다. 나는 일본의 진보적 지식인의 이러한 발언에 항상 의심을 갖는다. 그 점에서는 분명히 허남기 시의 배경이 되고 있는 조선민주주의인민공화국의 사회주의 건설에 힘을 다 쏟고 있는 혁명적 영상을 의식하고 있는 모습이 있다. 일본의 지식인 사이에는 이 혁명적 영상에 대한 일종의 콤플렉스가 있고, 그것이 이 논문의 처음에 서술한 동정과 기묘한 형태로 얽혀 있는 것이다. 이 부분에서 나온 평가를 나는 순순히 받아들일 수 없다.

올해 4월에 출판된 『조선해협朝鮮海峽』은 모든 의미에서 그의 한계를 나타내고 있다. 「아리아アリア」「상처傷口」「바다海」「조망眺望」「귀심歸心」등은 모두 똑같이 매너리즘에서 탈피하지 못하고 그 중에는 한 발짝 후퇴한 작품조차 눈에 띈다. 나는 「상처」를 읽고 진짜 우스꽝스럽게 느꼈다. 그는 쩍 벌린 대지의 균열의 늪을 비참한 표정으로 배회하면서 마지막에 겨우,

---

13) 나카노 시게하루(中野重治, 1902~1979) : 일본 소설가, 시인, 평론가, 정치가.

그것이
나의
쓰디 쓴
상처였던 것은

확실한
것 같다

  라며 괴로워하고 있는 모습을 상기하면, 마치 아이가 피를 보고 나서 울어대는 심리와 닮아 있다. 허남기는 아마도 진짜 고뇌하는 인간상을 모르는 자라고 생각한다. 갈기갈기 찢어진 인간의 허무의 아름다움과 그 빙결된 불꽃의 강한 에너지를 우리들도 한번은 경험했을 세계를 그는 경험하지 않았을 지도 모른다. 그리고 그는 도망친다. 도망치는 것으로 그의 상처는 치유되는 것이다.

  '왜 도망치는 것인가'
나는 대답하지 않는다,
  '죄를 저질렀던 것인가'
나는 히죽 웃는다,
  이 대담함은 뒤에 이어지는 행에서 진의가 아닌 것을 알 수 있다. 게다가 그는 왜 도망친 것인가, 도망치지 않으면 안 되었던가 라는 물음에 대답할 의무가 있다.
아직 이 세상에는
  '죄' 라는 말이 남아 있어서,

라는 식으로 대답할 것이 아니고 도망가야만 하는 자신의 주체에 눈을 돌려 내부현실과 외부현실의 대결을 할 필요가 있다. 일본이라는 어떠한 보증도 없는 나라에서 외국인 등록증을 가질 수 없는 인간의 운명이란 어떤 것인가, 외국인 등록증을 갖지 않은 인간만이 아니라 과거의 일본혁명의 일익에 참가해서 상처 입은 자들의 유일한 방법은 도망뿐인가, 그런 그들에게 씌어진 "죄"란 무엇인지, 그 "죄"의 일단의 책임을 자신에게 따져 물어 볼 필요성은 없는 것인가. 우리들은 모든 희생을 봐 왔고 교훈을 얻었다. 우리들은 많은 잘못을 반복해 왔다. 게다가 도망치는 것도 신물이 났다. 우리들은 냉정하게 자기검열을 해야만 하는 동시에 쫓아오는 자를 거꾸로 숨어 기다리다가 덫에 걸리게 하는 것이다. 거기에는 치밀한 계산이 필요한데 허남기에게 그것을 기대할 수 있을까. 아니다. 그의 감각으로는 현대의 비정한 휴머니즘을 분석하기 전에 먼 옛날을 그리워할 것이다. 그 부분에서 그의 많은 발상이 시작된다. 그의 말이 갖는 표면적인 액츄얼리티는 내면적인 수동성의 발로이며 그 수동성이 『조선해협』에 표면화되어 버린 것이라고 할 수 있다.

나는 단언한다. 우리들은 이제 허남기로부터 아무것도 기대할 수가 없다. 그의 일은 이미 『조선 겨울 이야기』의 일부 작품에서 끝난 것이다.

의안義眼

최근에 변두리에서 문부성 선정 영화 「냥짱」을 보았다. 두말 할 필요도 없이 이 영화는 가난한 한 조선인 소녀의 좋은 평판을 받은 작문집(동제목)을 기반으로 찍은 것인데,

영화관의 어두운 객석에서 나는 깊은 실망을 맛보았다. 실망이라기보다 오히려 두꺼운 벽에 대한 초조함 같은 것이다. 일본인 사이에 꽤 평판이 좋은 영화인 만큼 더더욱 그렇다. 거기에는 일단 재일조선인의 생활 형태는 있다. 그러나 그것은 어디까지나 외부에서 허울 좋은 선의로 그려진 생활이여서 빈곤한 조선인의 생활상은 거의 보이지 않는다. 이 영화는 단순히 규슈의 한 탄광지의 빈곤이야기에 지나지 않고 니노미야 다카노리二宮尊德14)류의 교훈을 끌어내기 위한 좋은 구실이 아닌가라는 생각이 들어서 좀 묘하다. 조금은 일방적인 견해가 되어 버렸지만 그렇다 치더라도 재일조선인의 내부에서 재일조선인의 정당한 기록이 거의 나와 있지 않은 것은 어찌된 일인가!

※재일조선인의 귀국선 제 1호가 12월 14일 출항하기로 되었다. 말 많던 귀환 안내도 결론이 나서 아무튼 다행이다. 새삼스레 지난 귀환 안내에 대해서 트집 잡을 생각은 조금도 없지만 처음에 읽었을 때의 충격은 지금도 생생하다. 일본적십자사의 선의와 노력에는 경의를 표하지만, 정신박약자에 대한 관리처럼 따뜻한 배려와 같은 생각이 들어서 오싹하다. 그렇더라도 그간 경애하는 일본의 진보적 시인 사이에서 아무 발언도 없었던 것은 역시 씁쓸한 생각이 든다.   (정인)

---

14) 니노니먀 다카노리(二宮尊德, 1787~1856) : 에도후기의 사상가이자 농촌부흥정책의 지도자이다. 보덕사상報德思想을 주장하였다.

나의 성性 나의목숨

김시종

백악기의 최후를
그대로 감싸고 있는
빙산은 없는가!?
단절 직전에 팽팽해진
공룡의 뇌파를 빼내고 싶다.
홀연히 모든 종족이 단절된
결백한 임종에도
구심성 발기신경은 작용했는지 안했는지
나는 알고 싶다.

시야를 가로질러
구불구불 구부러진
한 마리의 고래.
바로 지금
옆구리의 지방을 관통해서
총의 탄두가 막 작열했다.
사지도
표정도
2천만년의 생존을 대신한
이 삶의 화신이

빙빙 고무성질의 새하얀 배를 보이고
빤히 보면서 내 눈 속에 표착될 때까지-.

팽팽
하게 된 로프에
영겁
조금씩 울혈하는 것은
매형인 김씨이다.
26년의 생애를
조국에 걸었던
사지가
탈분할 때까지 경직되어 더더욱 부풀어 오른다.
　"에이! 더러워!"
군정부 특별허가의 일본 검이
해군비행 예과연습생을 막 끝낸 특경대장의 머리위로 포물
선을 그리고 있을 때
매형은 세계로 이어지는 나의 연인으로 변해 있었다.
깎여진 음경의 상처에서
그렇다. 나는 봐서는 안 될 연인의
초경을 보고 말았던 것이다.
가스실을 막 나온
상기된 안네의 사타구니에 낮게 낀 안개.

흘러내린 바지15) 위에 여기저기 스며들어서
제주도 특유의
뜨뜻미지근한 계절 비에 녹아 스며들고 있다.

낡은 남자여.
낡인 남자의
성 발기의
무엇이
눈에 거슬렸던가!?
통상적으로
사는
생명이란
또한 다른
살아남은 생명에게
무서워 벌벌 떨고 있던
너의
너는
거기에 없었던가?!
괴로운 나머지
한길 남짓한 음경을

---

15) 목면제로 만든 허리부분과 옷자락이 넓은 조선 바지(원문 주에 의
함).

드러내 놓고
남극의 빙해에
누워서 하늘을 보고 있다
오오
고래여!
오열도 없는 너의 죽음을
나는 뭐라고 불러야만 할까
모든 것이
정숙과
환성과
큰 웃음 속에서
사람은 그저
그 종언만을 끝까지 지켜보아 왔던 것이다.

지금 막
복부에 뛰어올랐던 남자가
내 망막에서
우선 잘라낸 것은
그것이다
　　"기름도 되지 않네!"
큰 소리와 함께
빙산이 흔들리는 극지에서

뜨거운 피를 흐르게 한 것은
생명의 사자가
지금
운집하는
수백억의
플랑크톤이
경관의 한 가운데로
돌아간다.

편집후기

※적어도 한 페이지를 더 확보하고 싶다. 그리고 계간季刊이라면 계간으로서의 정상적인 페이스를 회복하고 싶다. 다행히도 가리온 창간이후의 우리 그룹에 대한 비판의 방향이 대내적으로 조금 호전의 전조를 보여 온 것은 감사해야만 하는 점이다. 하나의 일을 일로써 계속 평가하고 그 일이 갖는 결함을 규명해 가는 공정함을 서로가 가지고 싶은 것이다. 그러기 위해서는 적어도 비판자로서의 책임 있는 고찰과 언동은 최소한의 의무일 것이다. 솔직히 우리들을 하나의 나쁜 사상의 샘플로써 평가를 하려고 한 억지에 대하여 우리들은 반발한 것이다. 그런 의미에서 양석일 군의 에세이는 우리들의 시를 헤아리는 하나의 기준을 제시 한 것으로써 주목해도 좋을 것이다.

※다음 호부터는 몇 명의 강력한 객원 동인을 맞이할 생각이다. 우리들이 작은 기반에서 이상하게 경직되지 않기 위해서도 또한 조선과 일본 시인의 가장 건강한 교류를 위해서도 반드시 이 계획을 추진하고자 한다.

※기다리고 기다리던 귀국선 제1호가 가까운 시일 내에 출항한다. 남아 있는 우리들은 그만큼의 존재이유를 명확하게 제시해야만 한다. 만연한 잔류가 아니라는 증명을 『가리온』은 입증해 갈 것이다. 창간호에 보내진 많은 성원과 서신에 다시 한 번 감사한다.   (김시종)

第3号

NO. 3

目 次

一 特 集 一 アメリカ

敵のイメージ　　　　　鄭 仁……2

強迫観念の論理　　　　梁石日……9

引き裂かれた世界　　　趙 俊……14

詩　猟　銃　　　　　　金時鐘……21

詩　捨てられた云葉について　趙三龍……27

詩　果しなき幻影　　　梁石日……29

詩　海の虚構　　　　　鄭 仁……31

ル ポ　新　潟　　　　高亨天……33

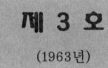

제 3 호

(1963년)

목 차

[특집] 아메리카

- 적의 이미지 / 정인鄭仁

- 강박관념의 논리 / 양석일梁石日

- 분열된 세계 / 조준趙俊

- 엽총 / 김시종金時鐘

- 버려진 언어에 대하여 / 조삼룡趙三竜

- 끝없는 환영 / 양석일梁石日

- 바다의 허구 / 정인鄭仁

- 르포르타주 니가타新潟 / 고형천高享天

[특집 - 미국]
적의 이미지

정인

지난번에 재일본조선인 총연합회의 지도하에 전국적으로 '한일회담'을 반대하는 통일의 날을 가졌다. 일본인 대중에게 '한일회담'의 비우호적이고 반동적 본질을 널리 호소함과 동시에 한일회담' 반대의 기운을 높이는 것이 주요한 목표였다. 선전차량에 의한 가두선전과 출·퇴근자를 겨냥한 삐라 배포 등이 당일에 있었고, 나 또한 재일본조선인 총연합회의 하부조직에 소속되어 있는 상임활동가의 한사람으로서 역주변의 삐라 배포에 참가하였다. 내가 소속한 그룹은 퇴근시간에 맞춰서 역전에 나왔지만, 삐라 배포의 반응은 마치 물속에서 달걀을 부화시키려고 하는 것 같은 그런 안타까움이 있었다. '한일회담' 반대의 어깨띠를 걸고 삐라 한 장에 일본 대중에 대한 뜨거운 연대의 염원을 담아서 건넬 때에, 연대는 다만 교묘한 심리적인 기술에 의해서 희미하게 이어진다. 건네는 타이밍이 맞지 않거나 혹은 의식·무의식적으로 거절당하면 연대는 곧 끊어지고, 다음 순간부터 사람들은 에스컬레이터처럼 흘러가고 손은 허무하게 왕복운동을 반복한다. 숨을 가다듬고 다시 한 번 타이밍을 기다리는데 그러나 좋은 타이밍 그 자체도 자주 찾아오지는 않지만 역구내에 종이쓰레기가 흩어져 가는 것을 어떻게 할 방도가 없다. 삐라를 받은 것과 똑같은 의식으로 삐라는 공중도덕에 위반되어 버려져 간다. 동포소년이 공허한 연대의 종이쓰레기를 주어모아 쓰레기통에 버린다.

그것은 혹은 일본이 다른 반체제의 정치적 호소에서 보인 것과 같은 민중의 반응을 경험했던 것에 지나지 않을지도 모른다. 그리고 약간의 경험에 얽매이는 것은 조금 과장되지만, '한일회담'의 의도가 NEATO(동북아시아 조약기구)를 사실상 성립시켜서 우리들의 비전, 즉 조국조선의 평화적 통일의 기운을 좌절시키고 분열을 영구화시키려고 하는 중대한 범죄를 범하고 있는 것은 용서할 수 없다. 따라서 삐라 배포에 나타난 민중의 무관심은 우리들에 대한 무언의 통렬한 도전과 같이 생각되는 것도 어쩔 수 없는 것이다.

사회의 방대한 조직 속에 빠른 걸음으로 편입되어 가는 출근자나 혹은 밤의 해방 속으로 확산해 가는 일본민중에게 '한일회담'은 3면기사 정도의 리얼리티도 없는 일상의 바깥에 있는 타인의 운명과 같이 보여 질지도 모른다. 고약하게 생각하면 고도의 자본주의 사회인 일본의 방대한 조직에 편입되어 꼼짝할 수 없는 일상 속에서 그들의 정치적 무관심은 어쩌면 유일한 일본적 자유이고 평화일지도 모른다.

'한일회담'의 본질을 명확히 하는 개인적 작업은 머리가 매우 아픈 얘기이며 나의 독단적인 생각으로는 아직 일본 민중의 잠재의식 속에는 조선에 대한 우월감이 짙게 숨 쉬고 있는 것 같이 보인다. '한일회담'은 일본에게는 단순히 후진국에 대한 원조여서 일본의 운명이 크게 좌우되는 성질의 것이 아니라는 가벼움이 있는 듯하다. 물론 일본의 지배계급은 모든 기회를 잡아 교묘한 유언비어를 통해서 사건의 본질을 흐리고 민중의 뿌리 깊은 잠재의식에 반복적으로 작용시켜 온 것은 말할 것도 없다. 예를 들면 매일신문 10월 21일자 조간에 다음과 같은 기사가 보도되어 있다. "이 회담에서 우선 청구권 변제방식을 채용하면 법적근거, 사실관계에서 국내여론을 납득시킬 수 없다"는 취지를 밝히고 한국독립의 '축하금'으로써 무상공여를 행하는 방식에 대해서 한국 측의 동조를 강하게 구하는 것 같다. 이것에 대해서 김부장 (김종필 한국 중앙정보부장)은 한국의 여론 등 국내사정을 설명하고 무상공여로써 청구권으로 받아들이도록 협정상 뭔가의 수단을 강구해야 한다는 취지를 주장……. 이 날의 회담은 매우 우호적인 분위기 속에서 행해지고 오히라大平正芳외상은 이로부터 "향후의 예비절충은 의심암귀疑心暗鬼[1]없이 할 수 있게 되었다……." 계속해서 10월 23일자 매일신문조간의 김金鐘必부장·이케다池田勇人수상 회담의 모습을 보도하는 기사 중에 다음과 같이 쓰여 있다. 김부장이 청구권문제에 관련해서 무상공여의 한도액에 대해서 의향타진을 했더니 이케다 수상은 "무상공여는 한국 측으로서는 '다다익선'일지 모른다. 그러나 점령지역 구제정부자금으로 **일본경제의 재건이 진행되었던 것 같이 한국의 재건에는 오히려 장기저리의** 차관이 바람직한 것이 아닌가"라고 대답하고 있다.(방점필자) 청구권 문제가 한일회담'에서 매우 중요한 대립점과 같은 인상을 남기고 있지만, 그것은 단순히 외교 사령적인 것에 지나지 않는다. 그럼에도 불구하고 김종필도 오히라도 각각의 뉘앙스로 국내사정을 신경 쓰고 있는 것은 매우 시사적인데, 그러나 여기에는 분명히 일본지배층의 조선에 대한 사고의 정형이 유감없이 나타나 있고 일찍이 '동아의 맹주'이고자 했던 보스의 감각이 아직도 농후하다. 우리 한국만의 비애이다. 그러고 보니 한국

---

1) 한번 의심하게 되면 공연한 것을 상상하여 더욱 의심이 들고 두려워짐을 비유하여 일컫는 말.

독립의 '축하금' 운운은 가장 일본적인 야쿠자의 발상과 닮아 있다. 너도 한사람의 몫을 하는 사람이 됐으니 내가 후견인이 되어 남조선의 세력권은 너에게 맡긴다는 우쭐한 생각에서 나온 것이다. 박정희朴正熙의장은 상호정신으로 국교정상화를 꾀하고 싶다고 주권평등에 대한 간절한 소망을 말하지만, 그것은 단순한 말장난에 지나지 않는다. 아마도 박의장 자신이 그 말의 허무함을 가장 잘 이해하고 있을 것이다.

소수 한국지배층의 망국적인 반민족성에 화를 내고 있던 탓인지 나는 어쩐지 우리들의 삐라 배포에 있어서 무력감 같은 것을 과대하게 평가하고 있었던 것 같다. 새삼스레 다시 말할 필요도 없이 삐라 배포에 대해서 일본 민중이 무관심을 표했다고 해서 바로 절망하고 적대시해서는 안 될 것이다. 그것은 매우 소아병적인 것이고 무관심은 어디까지나 무관심이어서 그 이상도 이하도 아닌 것을 알아 두어야 할 것이다. 따라서 오히려 그 허무적인 깊은 무관심의 역사적인 저변에서 조속히 연대적인 커뮤니케이션의 계기를 마련하는 일상적인 노력을 반복해서 실천해야만 할 것이다. 이케다 수상자신이 언명하고 있듯이 일본에는 3분의 1이상의 '한일회담' 비판세력이 있다.(매일신문 10월 23일자) 사실 부르주아 신문에서는 완전히 묵살하고 있는데 일본각지에서 각계각층의 크고 작은 다양한 대중 집회가 열리고 '한일회담' 반대 운동이 광범위 하게 조직되어 있다.

타민족의 운명을 그 나라의 인민의 의지에 반해 지배하고 타민족의 불행을 인위적으로 영구화함으로써 자국의 이익을 꾀하려는 '한일회담'의 진정한 연출자가 자유와 민주주의를 표방하는 미국인 것은 이미 자명한 사실이다. '한일회담' 이 단순히 한·일 양국의 국교정상화를 도모하고, 한국의 깊은 절망적 기아상황을 일본의 선진적인 자본을 지렛대로 해서 기사회생을 도모한다고 하는 단순한 성질의 것은 아니다. 한·일 양국지배층이 자신의 의지에 따른 조선민족의 통일적 이미지를 거절하고 있다는 것이 분명한 것처럼 일본, 남조선, 타이완을 잇는 반공적인 미국의 전초기지 강화가 그 진정한 목표라는 것은 조선인이라면 좌우사상에 관계없이 누구나 알고 있다. 그것은 긴 예속의 깊은 절망을 곱씹어온 자만이 갖는 예민한 감각이다. 혹시 남조선의 현상변혁을 위해서 '한일회담' 이 어쩔 수 없다고 환영하는 우리 동포가 있다면, 그들은 긴 예속의 절망 끝에 스스로의 잠재적인 힘을 믿지 못하고 예속습관에 익숙해져서 남의 힘을 빌려 일을 이루려는 소위 타력본원他力本願[2]이 내면화되어 버린 몰 주체적인 사람에 지나지 않는다. 이제 그들은 우리의 적이 아니며 아군도 아닌, 그저 예속과 절망이 층층이 쌓이는 퇴적물 그 자체인 것이다. 물론 우리들은 예속과 절망이 쌓이는 퇴적물의 내부에 깊게 침입하여 타력본원이 희망하는 환영을 타파하고 그것들의 잠재적인 에너지를 재조직하는 작업을 게을리 해서는 안 된다. 그러나 이미 보아온 것처럼 나의 표제에 입각해서 말하면 우리들의 진정한 적은 미국인 것이다. 과연 미국지배층의 상투적 캠페인인 자유와 민주주의라는 말에는 지금도 사람들을 황홀하게 하는 감미로운 울림이 있다. 그러나 그것은 일찍이 자본주의 체제의 발흥기 때처럼 영광을 누릴 수는 없다. 이제는 자유와 민주주의는 짙은 안개 속에서 헤매고 너무 사용해 낡아

---

2) 불교용어. 아미타여래의 본원本願. 아미타여래가 중생을 구하기 위해 세운 발원發願에 기대어 성불하는 것을 이른다.

빠진 오르골의 음색처럼 향수에 젖어 살아가는 사람에게만 감미로운 환상을 주는 것이다. 그리고 오르골은 항상 하나의 노래를 부른다. 자유와 민주주의를 지키기 위해서 자유와 민주주의를 죽이라고. 그것은 논리를 넘고 있다는 점에서 사이비종교의(이단적인) 주문과 비슷해서 절대적이며 잔인한 행위도 미국의 자유를 지킨다고 하는 지상명령 앞에서 정당하게 허용된다. 미국에서 비인간적인 흑인의 위치를 떠올리는 것만으로 이른바 미국의 자유와 민주주의라는 것이 얼마나 제멋대로이고 이기적인 것인가는 명확하다. 예를 들면 그 가혹하고 수치를 모르는 조선전쟁의 시기 1950년 8월 30일에 트루먼이 행했던 연설 중의 다음 부분 등은 매우 흥미로운 사실이다. "우리들은 **어떤 사람도 위협하고 있지 않다**. 우리들이 요구하고 있는 것은 다만 **자유와 법의 준수**이다.(방점필자) 우리들이 바라고 있는 것은 다만 통일 된 평화로운 세계와 공산당에 의한 침략 위협의 제거이다" 여기에는 명확하게 미국 지배층의 노골적인 의도와 타인을 위협하는 것에 대한 억지스럽고 철면피적인 자기기만이 있다. 거기에 덧붙여서 1938년 9월 16일, 히틀러 연설의 다음과 같은 부분과 비교해 봤을 때 한층 더 교훈적이다. "우리들은 누구도 위협하고 있지 않다. 우리가 요구하고 있는 것은 다만 우리들의 권리와 우리들의 자유를 지키는 것이다. 우리들이 바라고 있는 것은 통일된 평화로운 유럽과 공산당의 위험 제거이다." 나치스·독일의 과학적인 광기에 대해서는 세계의 모든 사람들이 널리 알고 있고 이제 와서 추가할 것은 없지만 조선전쟁에서 당초 의도와 다르게 연이은 패퇴를 반복하고 있을 때 원폭 사용도 마다하지 않겠다고 지껄이며 세균전이라는 가장 잔인한 전쟁수단을 이용한 것도 다름 아

닌 미국이었던 것은 이제는 세계가 주지한 사실이다. 자유
와 광기는 이미 쌍두의 뱀이고 나치스 · 히틀러와 미국 · 트
루먼과의 사이의 구체적인 차별성을 증명하는 것은 나치
스 · 독일과 미국에 대한 우리들의 이미지의 엄청난 차이에
도 불구하고 거의 불가능에 가까운 지극히 어려운 일일 것
이다. 그러한 나치스 · 독일과 미국과의 표면적인 체제의 차
별성에도 불구하고 나치스 · 히틀러와 미국 · 트루먼과의 이
결정적인 유사성에 대해서는 대영제국으로부터 독립을 선언
한 미국 독립선언서의 다음의 일절을 인용하는 것만으로 오
늘날 미국의 자유와 민주주의의 쇠약한 반동적 본질은 저절
로 밝혀질 것이다. 독립선언의 모두는 다음과 같다. "인류제
반의 사건의 노정에서 한나라 국민이 종래의 예속적 관계에
있었던 타국민의 정치적 속박을 끊고, 자연의 법과 자연 신
의 법에 의해 부여되는 자립평등의 지위를 세계 제국 사이
에서 차치할 필요성이 있는 경우, 인류 보편적인 의견에 대
한 당연한 존중은 그 국민으로 하여금 분리해야만 하는 이
유를 선언한다." 이어서 "우리들은 자명한 진리로서 모든
사람은 평등하게 만들어지고 조물주에 의해서 빼앗기 어려
운 일정한 천부 권리를 부여받는데 그 중에는 생명, 자유
및 행복 추구가 포함된 것을 믿는다. 또한 이것들의 권리를
확보하기 위해서 인류 간에 정부가 조직된 것, 그리고 그
정당한 권력은 피지배자의 동의로부터 유래하는 것을 믿는
다……." (다카기 야사카高木八尺저서 『미국アメリカ』) 새삼
스레 말할 것도 없이 자립평등의 지위확보, 생명, 자유 및
행복 추구를 행하는 권리는 미국만의 고유한 권리가 아니
다. 그것은 모든 민족에게 있어 고유한 권리이자 가장 원초
적인 권리이다. 제2차 대전 후에 아시아 · 아프리카 그 외의

지역에서 팽배하게 일어난 민족해방 투쟁이 항상 세계 사람들의 정당한 평가를 받고 있는 것은 그 때문이다. 일찍이 미국이 대영제국으로부터 독립을 갈구했던 것 같이 모든 민족도 또한 타민족으로부터의 지배를 원하지 않는 것은 극히 당연한 이야기다. 미국은 세계에서 자기 체제의 지배권 약화를 두려워 한 나머지 항상 인류의 자유와 민주주의가 위험에 노출되어 있다는 구실로 자기체제의 지배권 강화에 광분하고 있다. 그것은 국제적인 사회주의체제의 강화와 세계적인 민족해방 전쟁의 정당한 열정 앞에서는 타민족에 대한 직접적인 지배를 강변하는 아무런 논리적 근거를 갖추고 있지 않는 자의 궤변에 지나지 않는다. 동족상잔의 불행한 조선전쟁을 면밀하게 만들어 낸 것은 미국이며 그것은 오늘날 이미 공공연한 비밀인데, 조선전쟁을 통한 미국의 진짜 의도는 전조선의 지배이자 그것에 의해 극동에서 사회주의체제에 대한 군사전략적인 힘의 우위를 확보하기 위해서였다. 이승만은 아무런 민족적인 주체성을 가지고 있지 않은 서투른 배우에 지나지 않는다. 미국이 조선전쟁을 꾸미고 미국의 번영을 위해 축복한 사실은 다음에 인용한 신문기사의 단편에 나타내는 것만으로 충분하다. 조선전쟁이 발발하기 3일전인 1950년 6월 22일, 덜레스3)는 동경에서 맥아더와 장시간에 걸친 회담을 한 뒤 "미국은 극동에서 평화를 유지하기 위해서 적극적인 행동을 취할" 것이라고 언명한다. (뉴욕·타임즈 1950년 6월 22일자)게다가 반푸리트4)는 "조선은 이른바 축복받았다고 할 수 있다. 조선에서와 같은 사태가

---

3) 존 포스터 덜레스(John Foster Dulles, 1888~1959) : 미국합중국의 정치가이다.
4) 반푸리트(James Alward van Fleet, 1892~1992) : 미국합중국 군인이며 제2차 세계대전 및 한국전쟁 중에 미국 육군 사령관으로 군무했다.

여기 아니면 혹은 세계의 어딘가에서 반드시 일어났을 테니까 ” (뉴욕 · 저널 · 아메리칸 1952년 1월 19일자)

조선 전쟁에 있어서 미국의 침략적 본질에 대해서는 최근에 전 세계의 모든 사람들에게 강한 충격을 주었던 쿠바에 대한 미국의 일련의 조치와 성명을 떠올려 보면 된다. 쿠바에서 보인 미국의 전쟁 히스테리는 이미 미친 짓이다. 지금 바닥을 드러낸 위선의 가면을 벗어 던지고 가장 단순하게, 가장 직접적으로 미국의 침략 프로그램을 전 세계를 향해서 공표하고 있다. 미의회 상하 양원공동결의는 다음과 같이 서술하고 있다. “무력행사를 포함한 장래에 필요한 모든 수단으로 쿠바의 마르크스 · 레닌주의 정권이 실력 혹은 협박에 의해 그 침략행위 또는 파괴활동의 힘을 서반구의 어느 지역엔가 미치는 것을 저지할 것.” 즉 간단하게 말하면 쿠바의 존재가 미국의 자유와 민주주의 체제에서 매우 위험한 존재이기 때문에 무력을 행사하더라도 쿠바의 혁명정권을 타도해야 한다지만 쿠바가 미국에 대해서 과연 어떤 침략행위와 파괴활동을 할 수 있다는 것인지, 그것이 신흥국 쿠바에게 어떤 이익을 가져다 줄 것인가. 마치 무장한 어른을 상대로 해서 맨손의 소년이 싸움하는 것과 흡사한 이야기이다. 그것은 쿠바영토인 관타나모(Guantánamo)에 군사기지를 가지고 있는 미국 정부 당국이 가장 잘 이해하고 있다. 쿠바영토에 군사기지를 가지면서 쿠바에게 협박당하고 있는 것 같은 언사를 꾸미는 그 신경은 도저히 정상적으로는 이해 할 수 없지만, 미국의 마음 속 진실은 자신의 눈앞에서 하잘것없는 작은 국가가 건방지게도 대등하게 자기주장을 하고 있는 것, 바꿔 말하면 쿠바가 미국의 체제와는 상반되는 쿠바 독자적인 체제를 채용하여 자신의 주권을 주장하고 있는 것에 대하서 엄청나게 괘씸해하는 것에 불과하다. 그 것은 본래 미·소의 냉전대립 상황에서는 있을 수 없는 일 이다. 지배 논리의 완곡한 표현치고는 너무나 지나친 미국 지배층의 지배 욕망과 증오심은 절정에 이르러 있다.

세계지도를 자세하게 보면 알 수 있듯이 사회주의체제 국 가 주위에는 엄청난 미국의 군사기지가 있다. 자유주의 진 영의 방위, 성스러운 자유주의 사회가 세계 공산주의의 공 세에 의해 위험에 노출되어 있다는 것이 미국의 유일한 논 리적 근거인데, 얄궂은 것은 전 세계를 전쟁의 공포로 몰아 넣는 것으로 밖에 자신의 체제나 그 성스러운 자유와 민주 주의를 유지할 수 없다는 것이 미국 자본주의 체제의 결정 적인 쇠약이다. 미국 지배체제에서의 진정한 적은 공산주의 가 아니라 명백한 것은 체제 그 자체에 내포되어 있는 첨예 화된 모순이다. 이 점에서 떠오르는 것은 히틀러의 "대중 에게는 말도 안 되는 큰 거짓말을 퍼뜨리면 된다. 거짓말이 크면 클수록 대중은 그 거짓말을 믿게 될 것이다"라는 의 미의 말이다. 미국 지배층의 정치 철학은 일찍이 히틀러의 위대한 선동적 유언비어의 정치 철학에서 배운 것 같다.

반복해서 말하지만, 쿠바의 주권에 있어서 미국이 적인 것과 같이, 우리들의 조국 조선에 있어서도 미국이 적인 것 은 이미 봐 온대로 이다. 조선 민중의 운명은 조선인 자신 의 손에 맡기면 된다. 조선 민족 전체의 미래상에 대해서는 누구보다도 조선인 자신이 깊은 관심을 나타내고 있고 책임 을 자각하고 있다. 따라서 남조선에 미군이 주둔할 어떤 이 유도 없고 조선민족의 미래가 미국의 군화에 의해서 강제될 어떠한 이유도 없는 것이다. 케네디·이케다·박정희와의 '한일회담'에서 배우의 얼굴을 바라보면 이미 그 직책의 성질의 도식은 누구의 눈에도 명백할 것이다.

나는 여기에서 얼마간의 역사의 얄궂음을 느낄 수 있다. 그것은 내 개인적인 감개에 지나지 않을 지도 모르지만, 제2차 대전이 한참 일 때 "루즈벨트의 벨트가 끊어지고 처칠이 떨어진다 떨어진다" 라는 노래 같지도 않은 노래가 유행했을 즈음, 일본에서 갑자기 미국은 적으로서 나의 심중에 침투하였다. 미국과의 만남은 이때가 처음이었지만 나는 당시에 11살의 소년에 불과했고 일본인이 아닌 일본인으로서의 심한 콤플렉스로 고민하고 있었다. 그것은 조선 민족의 큰 비참함이었지만 일본인이 아닌 일본인으로서의 콤플렉스를 극복하기 위해서는 무엇보다도 일본인은 규범다워야 한다는 생각이 나의 어린 마음에 들어 와 있었다. 그리고 나는 미국 군함의 격침과 비행기가 추락하는 모습이나 다리가 길고 코가 이상하리만큼 높은 남자가 꼴사납게 도망치는 모습을 열심히 그려 왔고 직접 '매'를 타고 전투에 참가하는 꿈으로 가슴 뛰고 있었던 것이다. 그것은 역사의 악의에 찬 심한 강제된 악몽이었다. 8월 15일 악몽에서 해방되었을 때 나는 의심도 없이 조선인이라는 것을 알고 적은 미국이 아니고 일본군국주의였다는 것을 알았던 것이다. 그러나 미국도 또한 아군으로서 등장 해온 것은 아니었다. 점령군으로서 새로운 지배자로서 남조선에 군사지배를 수립하였다. 태평양방면 미국 육군 최고 사령관 맥아더는 다음과 같은 포고로, 당시 이미 인민의 의지를 바탕으로 한 남조선에 세워진 인민위원회를 해산시키고 미국에 의한 남조선지배체제를 준비한 것이다. 즉 포고는 태평양방면 미육군의 최고권한을 가지고 군정을 실시한다고 언명하고 계속해서 "……조선의 북위 38도 이남지역과 동주민에 대한 일체의 행정권은 당분간 본관의 권한에 의해서 행해진다. 주민은 본관 및 본관의 권한에 의해서 발포한 명령에 즉시 복종할 것. 점령군에 대한 반항적인 행위를 하거나 또는 질서, 치안을 흩트리는 행위를 하는 자는 용서 없이 엄벌에 처한다. 군정기간 중에는 영어로 모든 목적에 사용하는 공용어로 한다……" 미국에게 조선은 단순히 미개의 땅에 지나지 않았고 조선인의 의지 같은 것은 애초부터 문제가 아니었던 것이다. 그리고 지금 미국은 어제의 적인 일본에게 남조선을 지배·위탁하려고 하고 있고, 일찍이 조선지배의 교훈을 최대한 살려서 전 조선의 지배를 획책하고 있는 것이다. 생각해 보면 나에게 미국은 시종일관 적으로서 존재하고 있고 그것은 얄궂은 교훈이지만 나의 의식 생성에 있어서 의식·무의식적으로 결정적인 영향이 있었던 것이다.

그러나 과연 나는 미국을 적으로 인식해 온 것일까? 그리고 또 적이란 도대체 어떤 것인가라는 생각에 사로잡힌다. 적이라고 하는 한 싸움이 있고 싸움이 있는 한 상대를 쓰러트림으로써 원칙적으로 싸움에 승리해야만 할 것이다. 적이란 결정적인 대립물이고 상대를 쓰러트리는 것으로만 자신의 존재를 확인할 수 있다. 따라서 승리의 싸움을 이끌어 가기 위해서는 무엇보다도 상대에 대한 증오를 키워야만 하고 자신을 사랑해야만 하는 것이다. 주제에 준하여 부연하면 미국에 대한 증오심을 키우고, 조선민족에 대한 전적인 사랑을 키우는 것이다. 남조선에 현재, 잠재하고 있는 깊은 절망감과 허무감은 현 상황에 대한 증오이며, 불행한 것은 그 증오의 구체적인 대상물을 명확히 해서 그 증오를 정당하고 광범위하게 만들어 가는 중심적인 핵이 매우 약하다는 것이다. '한일회담' 의 다른 측면은 증오의 현재화, 조직화를 두려워하는 악의에 찬 회유책일 것이다.

이 부분에서 다시 한 번 미국을 적으로서 인식해 왔는지 어떤지 나 자신에게 물어보면 적어도 싸움의 원동력인 증오를 키울 수 없었던 것만큼은 말할 수 있을 것 같다. 적은 미제국주의라고 한마디로 정리해서 안심하기에는 미국은 너무나도 방대하고 구체적 존재이며 그 때문에 또 적의 이미지는 매우 추상적이지 않을 수 없다. 미국의 그 방대하고 구체적 존재 중에서 우리들의 적은 과연 누구인가? 물론 우리들은 월가의 호전적인 소수의 독점금융가를 떠올릴 것이다. 그러나 그것도 또한 매우 추상적이다. 지금 나의 눈앞에 어른거리는 것은 총을 겨누고 껌을 씹으면서 순진한 척 행진하고 있는 미국 병사와 흑인학생에게 모든 집단 테러를 행하는 백인학생들, 그 미국의 지성의 히스테릭한 증오로 일그러진 집단 얼굴이 이중으로 묘사 되어 영상의 화면 가득히 케네디의 차가운 고양이 눈이 확대되어 겹쳐 보인다. 이 영상의 구도에서는 이제는 문명은 보이지 않는다. 그것은 살바도르 · 달리5)의 그림과 같이 그로테스크하며 몰락을 예감한 것의 특유의 착란과 편집적인 광기의 이미지만이 떠오른다. 그리고 존 스타인벡6)이 그린 『분노의 포도』의 주인공인 유랑하는 농민의 모습이 그 필름의 뒤쪽에서 음화陰 畵와 같이 보일 때 나는 문득 조상들의 깊은 한 많은 땅을 생각하고는 어둡게 피가 소용돌이치는 것을 느낀다.

(1962년11월10일)

---

5) 살바도르 달리(Salvador Dali, 1904~1989) : 스페인화가이다.
6) 존 스타인벡(John Ernst Steinbeck, 1902~1968) : 미국의 소설가이며 극작가이다.

강박관념의 논리

양석일

천사의 백의를 두르고 조용한 전원풍 공간에 자리한 백악관은 마치 평화를 상징하는 듯 온화한 구조를 하고 있다. 그러나 늘 절대적인 우월감과 누구에게도 기죽지 않는 용기, 즉 잔인성에 대한 합리적 논리-그들은 혈통에 대한 자기변명적인 강렬한 열등의식에 따른 반작용으로 호전적인 성격을 띤다. 예컨대 그들은 우리 귀에 못이 박힐 정도로 민주주의, 자유평등이라는 단어를 강요해 왔다. 그리고 그 뒤에 이어지는 문구는 정해져 있는데, 이것을 지키기 위해 우리는 단호히 결의하여 싸울 준비가 되어 있어야 한다는 것이다. 민주주의, 자유, 평등을 내세운 다음 반드시 전투정신을 들먹이는 것이 바로 미국의 개척정신인 것이다.

우리는 미국의 흑인문제에 대해 신문지상에 보도된다든지 책을 읽는 정도밖에 알 수가 없지만, 최근 미시시피주립대학에서 일어난 흑인입학문제에 관한 일련의 사건은 그 차별의 정도가 심하다는 데에 새삼 놀란다. 미시시피주지사의 발언이나 전前 장군 출신의 지휘로 발발한 백인학생의 폭동 등은 우리의 인간관계의 관념으로는 도저히 상상도 할 수 없는 망집妄執을 보여준다. 인도의 한 여행가는 미국의 흑인문제에 대해 다음과 같은 흥미로운 발언을 한다. "나는 워싱턴의 흑인이기보다 인도 봉건제하의 '불가촉천민不可觸賤民'의 길을 선택할 것이다."

흑인을 인간의 범주에 넣지 않고, 신은 백인만을 인간으

로 만들었음을 의심 없이 믿었던 그들이 민주주의, 자유, 평
등, 정의에 대해 진지한 표정으로 주장할 때, 나는 그 데마
고기demagogy[7]적 내용은 차치하더라도 한편으로는 분열증세
가 있을지도 모른다는 의구심을 가졌다. 미국의 순수성이라
든가 결벽성이라는 의미도 이러한 데에서 기인할지 모른다.
흑인을 동물처럼 부려먹고, 미국 최고학부인 이른바 미국
미래의 두뇌들이 한 명의 흑인에게 몰려들어 작정하고 갖가
지 욕설을 퍼붓거나 매도하면서도 아무렇지 않게 민주주의,
자유, 평등, 정의를 입에 올리는 수치심 없는 야수성은 교양
과 이성과 예지叡智가 극도로 뒤틀린 무지에 따른 그들만의
전통이다.

수년 전, 어느 변두리 영화관에서 그냥 시간이나 때울 요
량으로 봤던 전쟁영화는 이러한 미국의 단면을 여실히 보여
주었다. 나는 작렬하는 화면 앞에서 점차 알 수 없는 공포
감에 빠져 들었던 기억이 있다. 그 무렵 범람했던 한국전쟁
을 소재로 한 영화인데 그것은 하나 같이 미국 병사의 영웅
적인 고투와 승리, 자신들의 전쟁책임에 대한 정당성을 입
증하기 위한 선동적인 것이었다. 줄거리를 소개하면 다음과
같다.

영화 제목은 아마도 「0작전」으로 기억하는데 확실치는
않다. 내용은 미국 해병대가 최전선에서 악전고투하는 것에
서 시작한다. 그런데 밤마다 적의 게릴라작전에 의해 병사
를 한 명 한 명 잃게 되면서 점차 불안감은 고조되고 전력
은 약화된다. 이러한 상황이 장기화되자 작전상 중대한 오
류가 생기자 이를 우려한 A대위는 게릴라를 전멸시키리라

---

7) 선동정치가가 특정한 문제에 대하여 정치적인 의도로 유포시키는 선동
   적 허위선전을 일컬음.

결의한다. 그런데 게릴라가 변장을 하고 수천, 수만 명이나 되는 피난민에 섞여 침입해 오는 통에 쉽게 막을 수 없었다. 결국 대위는 이 어마어마한 피난민을 하나하나 조사하는 안이한 방법으로는 우군의 희생이 나날이 늘어날 것이라 판단하고 차라리 피난민을 구분하지 않고 포탄으로 전멸시키는 전략이 필요하다고 역설한다. 역설하면서도 대위는 인간적(?)인 고뇌를 경험하지만, 정세가 악화되어 한시가 급한 상황이 되자 비상수단도 불가피하다는 결론을 내린다. 이 비인도적인 작전을 수행하기 위해서는 남보다 뛰어난 이른바 미국적 결단력과 용기가 요구되었던 것이다. 이때 반드시 등장하는 것이 미국 정신의 좋은 동반자이자 이해자이며 양심적인 여성이다. 그녀는 대위를 사랑하기 때문에 사랑이라는 도의적(통속적)인 입장에서 대위의 계획을 비난한다. 대위는 고심 끝에 포탄 개시 명령을 내려, 보란 듯이 수천, 수만이 되는 피난민과 함께 수십 명의 게릴라를 섬멸하는 데에 성공한다. 그리고 그는 이 결단력과 용기와 번민을 견뎌내는 것으로 미국 시민이 자랑하는 인격자가 될 수 있다. 그녀는 후일 이 대위의 번민을 이해하지 못했던 자신의 어리석음을 깨닫고 둘의 사랑은 더욱 깊어진다는 줄거리다. 이 영화의 배경이 된 게릴라 전멸 작전은-당시 세계에 상당한 충격을 안겨준 사건이었다. 그것을 이처럼 어리석고 열등하며 저능아적인 차원에서 공공연하게 자기변명을 우리에게 늘어놓을 때, 우리는 자신도 모르게 경악하며 증오하게 되는 것이다. 만약 이 영화에 등장하는 피난민 무리가 미국인들이었다면 그들의 뇌리에 그 같은 작전은 떠오르지 않았으리라는 것은 말할 것도 없다. 그들의 인종차별관에서 보자면 조선 민중 따위는 죽여도 상관없는 한 마리의 벌레로

밖에 생각되지 않았다. 그들의 근본적인 사상인 사디즘은 확실히 나치가 유대인을 경시하고 모욕하며 학대했던 사상과도 닮아있다. 그래도 이 영화의 논리가 갖는 무서움은, 그것이 미국 양키의 논리와 세계관을 중층적으로 형성하고 있기 때문이다. 이 저능아적인 정신구조는 때때로 교활하기 이를 데 없으며, 어떤 절대적 가치에 도달하기 위해 어떠한 것도 두려워하지 않는다는 데에서 끝을 알 수 없는 공포를 느낀다. 히로시마, 나가사키에 원폭을 투하한 후에도 다시 한국전쟁에서 패색이 짙어지자, 극도의 히스테리 증세 환자처럼 필요하다면 원폭 사용도 불가피하다고 주장한 트루먼 대통령 등은 그 좋은 예다.

혹은 미국 역사상 가장 높은 지성과 이성을 갖춘 각료들로 구성되었다는 자부심을 갖고 있는 케네디 정권은 분명 미국 일류의 역사학자와 사회학자, 경제학자를 주위에 포진시켰지만 이러한 것은 그들로부터 이미 어떠한 외부 조언이나 권고도 필요로 하지 않았음을 의미한다. 왜냐하면 미국은 세계 최대의 부와 기계문명을 자랑하는 절대자로서, 지도자로서의 권위를 가지며, 그 미국 최고의 오성悟性이 판단하고 계획한 것은 그 어떠한 의사意思라 할지라도 저지하지 못할 만큼 강인한 것이며, 그것이 또 정당하다고 주장한다. 그 때문에 그들은 그들의 최고의 지성과 이성이라는 이름으로 그 어떤 것이라도 관철할 권한을 갖고 있다고 생각한다. 이러한 백악관의 성격은 최근의 쿠바사건8)으로 한층 명확해

---

8) 이른바 피그즈만The Bay of Pigs 사건. 1961년 4월 17일 밤 미국 CIA와 마피아의 지원을 받은 쿠바판 '탈북자' 1,400여 명이 피그즈만을 기습 공격했다가 이 중 100여 명이 사살되고 1,200여 명이 생포된 사건을 말함.

졌다. 그들은 겁도 없이 세계를 향해 전 인류의 희생이 미국의 오성을 동반한 행위의 결과로서 어쩔 수 없는 일이었다고 주장한다.

그런데 제2차 세계대전 중 유럽인이 나치의 게슈타포로부터 벗어나기 위해 나치의 마수가 닿지 않는 미국으로 탈출해 왔다. 유럽 어디에 숨어들어도 나치의 눈을 피할 수 없었던 그들에게 (미국은) 머나먼 바다 위에 떠 있는 동경의 나라로 보였다. 이렇게 볼 때 당시 미국 대륙은 유럽인들 입장에서 보면 그야말로 마르코폴로 이래의 자유의 천지이며, 자유의 상징으로 비춰졌던 것도 무리가 아니었다. 애초부터 자유 따위는 조금도 없는, 폭력과 음모와 약탈만이 자신의 생존을 보증하는 수단이었던 미국이 자유의 땅으로 갈구했던 것은 나치스 독일 덕분이라고 말할 수 있다. 미국에 기대하는 자유에 대한 환상은 분명 구 세대들에게 여전히 남아 있지만, 반대로 매카시즘9)을 정점으로 한 미 파시즘의 무시무시한 압력(세력) 때문에 자유를 찾아 수많은 지식인이 미국을 탈출한 것도 분명하다. 자유에 대한 환상과 환멸은 현대 미국의 심각한 현실적 단층인 것이다. 케네디 대통령이 자유의 환상을 남용하고 기를 쓰고 자유를 팔아넘기기 시작한 것도 무리는 아니다.

그런데 미국의 이러한 내적성향은 말할 것도 없이 제국주의에 있어 제3의 단계, 나치 독일이 결과적으로 제1차 세계대전을 지양止揚하는 장으로 흥망興亡한 것은 역사적 사실로 드러났다. 나치 독일의 폭력적이고 잔학함에 세계가 경악하고 있을 때 미국은 이미 오늘날과 같은 성격이 뿌리 깊게

---

9) 1950년대 초 미국을 휩쓴 반공산주의, 또는 그와 관련되는 일련의 사상, 언론, 정치 활동의 탄압을 일컬음.

자라나고 있었다. 여기서는 그러한 예증은 셀 수 없이 많지만 제국주의에 있어 계급 증오의 무서움과 그들의 강박관념의 도착에 대해서는 생각해 봐야할 점이 있을 것이다.

나치 독일의 강제 수용소에서의 대량 학살은, 지금은 비현실적인 상상력의 범주를 벗어난 일어날 수 없는 악몽 상태로 이해되고 있다. 그러한 것은 앞으로도 일어나지 않으리라는 막연한 개념이—점차 그 대량학살은 실제로 존재한 것이 아니라 인간의 날조적인 전쟁에 대한 공포관념을 각성시키기 위한 하나의 계시처럼 여겨지게 된 것이다. 그렇게 해서 우리의 일상생활 저변에 아무런 관계없는 비현실적인 것으로 치부되어 버린다. 직접적인 피해자 역시 심리적 상태로 말할 것 같으면 실제로 있었던 일이라는 것에 의구심을 갖게 되는 것이다. 그들에게는 이 현실조차 비현실적인 것으로 생각되기 시작한다.

1945년 3월, 魔의 수도 베를린은 마침내 함락되었다. 히틀러는 한발 앞서 자살을 도모했고 다른 관료들은 체포되었다. 그리고 역사상 최초의 국제재판이 뉴른베르크에서 개최되어 나치 독일의 끝없는 죄업의 본성은 막대한 자료를 통해 차례로 폭로되었다. 세계는 이때 비로소 나치즘의 잔학하기 그지없는 사상思想에 놀라움을 금치 못하였다. 새삼스럽게 전쟁의 무서움을 깨닫게 되었던 것이다. 그런데 과연 누가 전쟁의 무서움을 알고 있었을까? 아마 아무도 알지 못했을 것이다. 왜냐하면 그것은 끔찍한 악몽이었기 때문이다. 왜냐하면 그것은 권력에 의한 계급 증오의 현상이자 결과이기 때문이다. 나치 독일 각료들은 막대한 증거물건과 다수의 증인 앞에서 태연하게 마치 자랑이라도 하듯 '무죄'를 선언했다. 그것은 너무도 우스꽝스러운 인간의 가장 가엽고

도 비열한 여운을 갖고 있는데 그들의 최후에 걸맞는 말이
었다. 이렇게 시시각각 뉴른베르크 재판이 전쟁범죄자의 죄
상을 밝히는 결정적인 순간으로 치달아 갈 때, 일본을 점령
한 연합군, 즉 미군은 일거에 남조선을 점령하고 미리 준비
해 둔 주도면밀한 계획을 통하여 남조선을 전 세계로부터,
친구에서 육친까지, 모든 인간관계를 끊어 버리고 완전한
소외 상태로 강제해 간 것이다. 산업은 파괴되었고, 농민은
기아상태에 빠졌으며 미군 병사의 만행과 학살은 말로 표현
하지 못할 정도였다. 공연한 비밀, 암흑의 나라, 그 바르샤
바 게토 봉기Warsaw Ghetto[10]와 장소를 바꾸어 '죽음의 나
라' 남조선은 대담하게도 전 세계 앞에 엄숙히 그 모습을
드러냈다. 다른 한편에서는 뉴른베르크 재판에서 전쟁책임
에 대한 죄, 인도人道에 대한 죄, 그 외 15가지 죄상에 대해
혹은 이미 썩어 버린 사체의 이름 앞에, 혹은 승리자의 권
리의 이름으로 단죄하고, 다른 한편에서는 아무렇지도 않게
학살을 자행하는 모순의 깊이는 바로 권력에 의한 계급 증
오의 전형적인 발현이다. 우리는 정신병리학적 내지는 심리
학에 근거한 극한상황의 관찰도 그들 앞에서는 아무런 효능
을 발휘하지 않는다는 것을 알아야 한다. 극한상황에서 인
간은 아무리 감동적인 수기라 할지라도 혹은 잔혹하기 그지
없는 기록도 의미를 갖지 못하는 것이다. 목적을 위해서는
수단을 가리지 않는다. 이러한 철학이야말로 제국주의자의
계급 증오에 적합한 말인 것이다. 서독은 옛 나치 당원을
중요한 요직에 채용하였으며, 프랑스는 이 나치 독일이 낳

---

10) 제2차 세계대전 중인 1944년 8월 1일부터 같은 해 10월 2일까지 독
   일이 점령한 폴란드 수도 바르샤바에서 일어난 반나치봉기를 일컫
   는다.

은 부산물들에게 마치 죽마고우인 듯 친밀하게 대한다. 혹은 한국전쟁 중, 미 제8군 사령부는 병사들에게 이렇게 명령했다. "닥치는 대로 살해하도록! 설령 제군들 눈앞에 나타난 자가 아이라 할지라도, 노인이라 할지라도 용서해서는 안 된다. 제군들은 가능한 많은 조선인을 살해하는 것으로 미국시민으로서의 임무를 다하도록!" 그들은 자신들의 이익을 위해 조선 민족 3천만을 모두 살해하는 데에 아무런 주저함이 없었던 것이다.

"분명 부르주아 이데올로그들의 반 파시즘적 휴머니즘은 수없이 반복적으로 파시즘 개개의 사실에 대해, 나아가 파시즘의 야만에 대해 항의를 표했을 것이다. 그런데 파시즘 자의적인 신화에 대해, 진정으로 그 이름에 걸맞는 진보적, 효과적인 세계관을 대립시키지는 못했던 것이다." (루카치 「실존주의인가, 마르크스주의인가」)

즉 나치 독일의 강제수용소에서 대체 무슨 일이 일어난 걸까? 그것을 아무도 모르지는 않았을 것이다. 그것은 암묵적이긴 해도 독일 시민은 말할 것도 없고, 부르주아 이데올로그들에게도 자신들의 철학의 수라장으로 충분히 예견 가능한 일이었다. 그들은 아무 말도 하지 않았다. 공포 때문이 아니라 침묵의 미덕이라는 그들의 논리의 구름에 숨겨졌던 것이다. 때문에 그들은 그야말로 협력적이었다고 말할 수 있다. 아니 그들은 은폐함으로써 오늘날 더욱 뿌리 깊은 호흡을 하고 있는 것이다. 남조선의 현상은 바로 이 같은 현상인 것이다. 부르주아 이데올로그와 유사擬似 진보주의자들은 남조선의 공포스러운 현실에 대해 그 본질을 분석하지 않고 단순히 현상적인 발언으로 끝날 뿐이다. 미국시민은 그들의 사랑하는 아버지, 남편, 형제, 아들들이 남조선에서 무엇을 하는지 알지 못한다고 모르는 척 해서는 안 될 것이다. 그들의 사랑하는 아버지, 남편, 형제, 아들들이 몇 명의 조선인을 살해했는지, 몇 명의 조선 여성을 범하고 그리고 살해했는지, 몇 명의 조선 아이들을 살해했는지 그들은 잘 알고 있을 것이다. 그러나 그들의 편집광적인 청교도, 그들의 이상한 정신도착은 이렇게 외치고 있음에 틀림없다. ― 무슨 말씀이에요, 한국전쟁에서 미국 시민이 얼마나 희생되었는지, 그것을 생각하면 소름이 끼친다고. 지금은 보고도 못 본 척 하는 것이 아니라 남조선에서 미국 양키들이 저지른 만행과 학살행위를 당연한 권리인 듯 말한다. 그것은 복수의 정념이었다. 예컨대 미군 병사 한명이 살해당하면 그에 대한 복수로서 한 마을, 한 동네가 홀연히 자취를 감추는 신화적 현상이 재현되는 것이다.

그러나 그의 공포관념과 상상력은 끝도 없이 확대되어 간다. 과거의 깊은 곳에, 혹은 미래의 암흑의 절망적인 종언 속으로 스스로를 채찍질 한다. 왜냐하면 그는 스스로의 환영에 위협당하여 밤에도 잠을 이룰 수 없기 때문이다. 누군가를 계속해서 살해하지 않으면 안 된다. 살육이라는 분명한 사실만이 그의 존재를 확인하는 수단이다. 리챠드 3세의 후예다운 저주와 증오가 그의 존재의 최후를 축복하는 것이다.

※ 미국 민간방위국은 4만 명을 수용할 수 있는 사체 수용지를 준비하고 있다. 또 백 만 구의 사체를 처리할 천을 확보하기 위한 예산을 의회에 제출했다. 그리고 만약 핵전쟁이 발발할 경우 미국은 6천만의 희생을 각오하고 있으며, 미국이 6천만의 희생을 치루면 인류는 10억의 사망자가 발생할 것이라고 예측하고 있다. 결과적으로 미국은 인류의

운명을 결정할 열쇠를 쥐고 있는 것이며, 세계는 이 때문에
미국의 명령을 거역해선 안 된다고 강조하고 있다.

분열된 세계

조 준

1945년을 계기로 세계는 동서남북으로 분열되었다. 단순히 독일이나 우리 조선만의 일은 아니다. 그리고 그것은 양 진영의 존재를 의미하는 것만이 아니라, 인간사회의 계급적 이해에 정면으로 대립을 드러내는 것이다. 이 근본적인 대립은 다양한 항쟁 요소를 포괄적으로 망라하고 있으며 거기다 국가(체제) 간의 형상을 띠고 있는 점에서 수천 년 간 배양되어온 생활유산을 계승한 현대인의 비극이 있다.

오늘날 인류는 빛나는 그리고 섬뜩한 우주시대를 맞이하였다. 인간의 재능이 무한한 발전적 가능성을 인류에게 약속한 바로 그때, 세계는 종말의 전야에 있는 역사상 최대의 패러독스(역설)이라고도 할 만한 딜레마에 우리는 빠져든 것이다. 조심성 없는 자칭 지식인들은 일찍이 가까운 장래에 제3차 세계대전의 가능성을 논하기 시작하고 인류사에 있어 숙명이라는 전쟁관을 새로운 궤변으로 포장하여 아무렇지 않게 흘리는 것으로 예언자의 높은 자리를 꿰어 차려고 한다. 그런데 모든 행위는 인간의 책임 하에 이루어져야 한다는 가장 단순한 논리조차 그들은 잊고 있거나 혹은 의식적으로 무시하기까지 하고 있는 것이다. 여기서 사용하고 있는 책임이라는 말에 대해 독자 제현諸賢 중에는 타당성이 결여되었다고 생각하는 사람도 있을지 모른다. 그러나 나는 결코 도의의 이름으로 사회적 혹은 법적인 의무라는 의미의 표현으로 사용하지 않았음에 유의해 주기 바란다.

여기서 글쓰기를 멈춘다면 나는 파산할 게 분명하기 때문
에 신중하게 원고를 진행시켜야 한다. 우리는 가정 밖에서
종종 위생조합의 분뇨처리차와 마주친다. 자전거를 탄 사람
이라면 멀리서부터 호흡을 참고 단숨에 빠져나갈 것이며,
심한 축농증이 있는 사람이라면 아무렇지도 않게 있을 수
있다. 그런데 조상으로부터 물려받은 건전한 생리기능에만
의존해야 하는 사람들의 경우는 그렇지 못할 것이다. 비위
가 약한 사람들이라면 골목으로 도망가 버릴 것이며, 후각
을 짜증나게 하는 것이라면 자기도 모르게 인상을 찌푸릴
것이다. 그런데 일반적인 경향으로는 느끼지 못하거나, 느낀
것을 드러내지 않으려 긴장한다. 그러나 여유 있는 풍격으
로 사람들은 당당하게 표시되어 있는 곳을 통과한다. 그 노
력으로부터도 추측컨대 항의 하나 정도는 나왔어야 하는 것
이 인지상정이다. 그러나 나는 -물론 나도 그렇지만- 사람
들이 그것을 갖고 천하의 청정해야 할 대기를 오염된 냄새
에 방치하는 것은 이해할 수 없는 일이라고 과장해서 말하
지 않더라도 조금이라도 정면에 나서서 비난하는 것은 볼
수 없다. 그들 당사자의 실수로 문 앞을 오물로 더럽힌 경
우라 하더라도 우리는 눈살을 찌푸리고 흘겨보면 되는 것이
다. 길에서 종종 우리의 코를 막게 하는 그 유명한 대상은
말하자면 명백하게 타인의 것이다. 그런데 그 절대행위의
증거물건에 우리는 동물계의 보편성을 찾아 그윽한 향기에
청명한 연대의식, 즉 공동책임을 자각하는 것이다.

그렇다면 책임이란 무엇인가? 한마디로 말하면 책임이란
행위와 불가분의 관계를 의미하며, 선택과 함께 행위의 동
의어이기도 하다. 왜냐하면 선택이 행위의 절대적 전세의
인연인 것처럼, 책임이란 행위의 절대적 결정結昌이기 때문

이다. 바꿔 말하면 행위의 결과가 인지의 유무와 상관없이 무조건반사적으로 우리를 규제한다. 그렇기 때문에 우리가 스스로의 행위에 대한 결과의 세례를 피하고 살아날 가능성은 그 어느 곳에도 없다고 하겠다. 무책임이란 여러 사람을 고려하지 않고 하는 행위에 불과하며 누구라도 예언자라고 말하지만 책임을 회피할 수 없는 것이다.

그래서 나는 하나의 비유를 들고자 한다. 우리가 화장실에 쭈그리고 앉아 절대 행위에 빠져들었을 때, 불안-선택의식의 기분 표출-에 떠는 일은 없다. 오히려 경우에 따라서는 상쾌한 충족감을 맛본다. 그것은 결정의 장場에서 최선을 다하고 있다는 선택이 가져다주는 안도감이 생리적 욕구의 발로라 할 수 있는 해방작용과 적절한 타이밍으로 연결되어 있기 때문이다. 그런데 도덕적으로 규정된 특설 링을 갖지 못하는 상황이라면 정세는 일변한다. 우선 우리는 우리의 괄약근에 견고한 명령을 내리지 않으면 안 된다. 그리고 마침내 국경선이 돌파되는 형세가 되면 시기와 그에 따른 땅의 이치를 진지하게 검토하기 시작한다. 그것은 왜일까? 한번에 파이프라인을 비틀어 개처럼 전신주를 찾는다면 우리는 너무나 수치스럽기 때문이다. 그것은 환경과 지식의 비중에 응한 이성의 서툰 정서적 토로, 즉 경험적 결과가 정신의 변화를 이룬 것으로, 충동적 행위를 억제하고 때로는 불가능에 가까운 자동 조절이 가능한 자랑스러운 인간만의 특권이다. 이것이 바로 선조 대대로 이어져 내려온 인류의 생성이 인간의 조건이 되는 책임의 생리적 귀결, 즉 이성의 육체화인 것이다. 결과가 우리에게 책임(판단)을 강요하는 것이다. 결과를 무시하는 것은 멸망을 의미한다. 결과에 반응(반사운동)하는 것은 인류가 인간 이전의 본능시대부터 진화한 열쇠였으며 책임의 본원적 표상인 것이다.

돌이켜 보면, 제2차 대전을 치르던 당시 일본의 일반 대중은 전쟁 초기 연승에 심취되어 사태의 중대함을 감각적으로밖에 알 수 없었다. 이리저리 옮겨 다니며 전쟁을 하고 거기다 오래 지속되어 내핍耐乏의 시대로 접어들면서 전쟁에 대한 혐오는 그러한 점을 여실히 보여준다. 그리고 미 공군의 밤낮을 가리지 않던 초토작전 시기는 실로 앞이 암흑 같은 무아무중의 나날이었다. 이윽고 무조건 항복이라는 절망의 바닥에 이르러 기아飢餓선상의 결핍과 혼란과, 전염병이 기다리는 검은 불안의 세상을 사람들은 어리둥절하게 살아가지 않으면 안 되었다. 패자의 이러한 가시면류관이 승자의 머리 위에서도 영광의 겉치레를 만들 뿐으로 그대로 딱 맞는다. 인생의 개안기 앞에서 비명의 몸부림과 함께 증발되어 간 수십만의 젊은 생명, 그리고 전쟁으로 쇠약해진 수백만의 고충의 정신. 육친을 빼앗긴 수천만의 부모, 형제, 처자식들. 그들의 고뇌와 비탄과 단말마의 절규 그것이 바로 책임의 소재인 것이다.

그렇다면 화제를 추상적 경지에서 기점으로 현실-역사적 사실-로 바꿔보자. 우리는 이 현재 상황을 주의 깊게 파악하기 위해서 그 발생 과정(원인)을 규명조작하지 않으면 안 된다. 그것은 역사적 사실이라는 말을 참조할 것도 없이 역사를 뒷받침하는 노력(일)에 천착하여, 우선 현상 전개에 지금 잠시 초점을 맞춰 보고자 한다. 그런데 잠깐!…… 그 전에 하나, 제군에게 형이상학적 타블로를 보여주도록 하겠다. 나는 눈속임할 생각은 전혀 없다. 그런데 청부광고업자는 아니지만 원자폭탄은 대머리의 대명사가 되었다. 어원의 유래는 무시무시한 저 '섬광'과 작렬음이다. 그리고 그 순간

청부광고업자-배우라고 해도 좋다-가 가발이라도 벗듯이 머리털이 벗겨지고, 머리와 손발의 피부가 마치 요리사 노상강도를 만난 식용 개구리처럼 주르륵 벗겨져 축 늘어진 광경-이 그림은 생지옥 그림 안에서도 비교적 행운이라고 할 수 있는 생기 있는 장면에 초점을 맞춘 미시적 구도이다-이 출현한 것이다. 그리고 그때부터 인류 앞에 핵전쟁의 가능성이 현실화되기 시작했다.

이미 전 세계가 주지하는 사실로서 핵 수단에 의한 우리 쪽 선제공격할 수도 있다고 미 대통령은 밝혔다. -나는 전쟁을 욕망한다. 그리고 나는 수단을 가리지 않을 것이다. ……전쟁, 그것은 바로 나라는 히틀러의 발언은 좋은 후계자를 만나 지금도 생생하게 우리 세대의 기능적 중추에 기계음을 울리며 되살아난 것이다.

사람들이 과거 독일의 악(역할)에 대해 말할 때, 당시의 지도자였던 히틀러의 개인적 성격이나 정신형성에 대해 논하는 경향이 종종 있지만, 그를 허용하고, 그를 만들어낸 자는 단순히 독일 산업의 부르주아지와 그것을 지탱하는 사회민주주의자뿐만 아니라, 독일 국민 그들 자신이었음은 자명하다. 그리고 독일 국가를 외치고, 독일 민족의 이익을 주장하는 가운데 수많은 타민족의 운명이 무시되어간 것은 우리의 기억에 아직도 남아 있다. 그런데 유사 이래 항상 역사는 국가흥망의 변천사이기도 했다. 씨족, 부족, 그리고 종족, 민족으로, 이들 동지의 유혈의 결합이 발흥과 소멸의 과정에서 계급분화를 조성해 가며 현대 국가형태로 길을 열어온 것이다. 이처럼 인류가 집요하게 고집하는 국가에는 민족의 운명이 걸려 있다는 절실한 이유가 있다. 그것은 과거 사람들이 인간사회를 인류의 견지-휴머니즘-로는 알지 못

했던 빈곤으로부터 종족적 시야-정복에 의한 타민족의 노예
화-로 물질(富)을 추구해 온 것에 있다. 거기서부터 국가를
민족의 존엄의 성채라는 확신이 배양되기에 이르렀던 것이
다. 물론 이러한 확신은 어디까지나 상대적인 것에 지나지
않지만. 그리고 현대에 이러한 확신은 진리가 되었다. 왜냐
하면 각 국가의 주권확립이 민족적 단계로부터 거시적 탈피
를 가능케 하는 기반이 될 수 있으리라는 믿음을 갖기 때문
이다. 인종차별(정복) 개념이 존속하는 한 인류는 스스로의
모순을 해결하기 위한 세계적인 규모의 국가형태의 해체,
즉 지구 단위 기구를 창조하는 것은 불가능하다. 그런데 현
재 세계무대에 속속 등장하고 있는 아시아 아프리카 신흥국
가군은 진정한 국가를 목표로 한 민족의 상징을 내세웠다.
그렇지만 그것으로 신흥제국諸國이 식민지 지배의 멍에를 벗
어나지는 못할 것이다. 그것은 단지 식민주의자가 직접적인
정치지배라는 정면 공격을 포기한 것에 지나지 않는다. 이
미 오래전에 약체에게-경제 자원 권익의 확보라는-수법은
써먹었다. 최근의 쿠바혁명은 그러한 새로운 사실을 입증하
는 예이다.

설탕 생산으로 유명한 쿠바는 미국에게 있어 글자 그대로
당밀의 산지였다. 혁명 정부의 뒤를 이어 내놓은 정책, 예컨
대 쿠바에 존재하는 외국자산의 접수와 그것의 국유화 선
언. 공산주의사회로의 지향선언 등이 얼마나 그들에게 공황
과 충격의 연속이었을지는 그러한 사실만으로 쉽게 알 수
있다. 이것이 불과 얼마 전까지의 독립국 쿠바의 실태였다.
쿠바 인민에게 있어 흡혈귀가 새로운 분장을 하고 수호신으
로 변신한, 아이도 눈치 챌만한 동화를 연출하는 것이 자유
의 여신의 나라 미국의 정체라고 하면 독단일까? 그들은 말

했다. 쿠바야말로 시대의 풍파 밖의 온실 속 화초로 아껴온 우리의 소중한 앞마당이라고. 그리고 그 정원을 감상한 감상적인 방문객은 입을 모아 앞마당의 주인공을 상찬했다. 이른바 카리브해의 낙원……이라고. 낙원? 타국인이 말하는 낙원이란 대체 어떤 성질의 것일까? 게다가 그 이른바 앞마당에 이어진 중남미 제국을 그들은 미주기구 권역으로 묶어 풍요롭고 윤택한 중세의 장원莊園의 꿈을 탐내었던 것이다. 장원은 크게 흔들리며 세계는 혁명의 성공을 눈앞에 두었다. 그 환시의 한가운데에서 그들이 시도한 것은 무엇일까? 쿠바인의 쿠바를 분획하여 쿠바 난민—다분히 동정적이고 충격적인 표현이긴 하다—과 반혁명조직을 좌지우지하는 군사작전이었다. 그런데 수백이라고 전해지는 전함을 동원하여 북, 서, 남 세 방면에서 수도 하바나의 협격挾擊을 노리고 투입된 상륙부대는 인민군의 강력하고 과감한 반격으로 삼일 흥행의 전투 드라마를 연출한 끝에 서서히 비극적 운명의 막을 내리게 되었음은, 역사가가 이제야 겨우 펜의 궤적에 감동을 숨죽이며 그 노트에 기록하기 시작한 것이다.

미국의 이상과 같은 침략행위는 이미 예측된 일이었다기보다 예고된 일이었다. USA마크가 새겨진 항공기와 선박은 혁명 이래 끊임없이 쿠바의 주권을 침해해 왔으며, 실제로 미국은 반혁명 조직에 기지와 강력한 군사원조를 해왔다. 그리고 일단 침공이 개시되면 대통령은 발 빠르게 반혁명군에게 동정을 표명했다. 거기다 그들의 선전 의도가 실패로 끝나고, 이후 합중국 연방의회에는 미군에 의한 쿠바 진공을 주장하는 일파가 대두되었다. 이처럼 무력을 주체로 한 위협 수단에 의한 직간접적 책동을 통해 쿠바 인민의 손에 부단히 무기를 쥐어줌으로써 생산 수단은 사실상 탈취하게

되고, 쿠바 인민의 국토건설사업을 방해하는 2차적 효과가
계산되어 있던 것이다. 그리고 또한 쿠바 인민의 경계심을
이용하여 강박관념을 심는 것은 의심의 의심을 낳는 심리상
태에 빠지게 하여, 거기에 기회가 있으면 민심 이반에 의해
스스로 무너지길 기대하고 있는 것이다. 그래서 쿠바는 소
비에트연방을 선두로 하는 사회주의 제국가의 원조를 통해
강력한 자위(핵) 수단의 건설을 실행했다. 히스테릭하게 게
임을 즐기던 미국은 쿠바의 이 묘수에 완전히 룰(평형감각)
을 잃고 국제법규-평상시의-를 무시한 채 해상 봉쇄를 감
행했다. 그것은 완전히 일촉즉발의 핵융합 반응을 초래하는
위험천만한 모험인 동시에 지구를 프라이팬에 응용하여, 그
곳에 서식하는 수백억의 생명을 깨알 같은 운명으로 바꾸려
는 행위 이상도 이하도 아닌 것이다. 그들의 논리의 기조는
안전을 위협하는 것을 제거한다는 명분과 이익 보호라는 대
의명분 앞에 수단을 가리지 않는다는 한마디 말로 정리된
다. 거기에서 서반구가 마치 미국의 주권 하에 놓여 있는
듯한 언동을 이끌어 낸다. 여기에 더하여 그들이 노정된 치
명적 결함은 논리의 생명이라 할 수 있는 설득력이 완전히
무시되고 있는 것이다. 그 가운데 가장 유력한 것은 그들의
적성국가가 기본적으로는 그들과 완전히 같은 이유-혁명을
성공으로 이끈다는 자기 보위-에서 국방을 강화하고 있는
점을 후안무치하게도 인정하려고 하지 않는다는 데에 있다.
그러나 그것을 미친 짓이라든가 광인에게 칼을 쥐어준 것이
라며 그들을 질책해서는 안 된다. 또 "미 제국주의자는, 그
……행위가 야기하는 모든 결과의 전면적 책임을 져야한
다"는 등 일련의 경고와 면전에서 매도하는 것으로 인해
우리의 책임이 소멸하거나, 혹은 도의적 비책임성이 입증되

었다고 착각하거나, 혁명을 지원하는 우리의 결정의 합리성
이 정당화되는 것이라고 생각해서는 안 된다. 정당화는 전
면적으로 존재하지 않는다. 분명 미국의 지배층은 이성을
상실한 듯 보인다. 그러나 그들의 그리고 그 지배에 안주하
고 있는 미국인민의 선택이, 나아가 그들과 같은 지구상에
생활하는 우리의 책임과도 연관이 있다. 물론 나는 미국을
악의 대리인으로 지명한다. 그런데 그렇다고 해서 내가 모
든 사물을 선과 악으로 구분하여 이해하려고 하지 않는다.
말하자면 현세는 악인 것이다. 때 묻지 않는 사람을 나는
보지 못했다. 인간의 욕망이 추태를 내보이는 그 소모적 일
단을 공표한다면, 나를 비롯한 남성들에게 있어 여자란 존
재는 매우 신경 쓰이는 대상이 아닐 수 없다. 젊은 여성을
보면 문득 저 여자는 처녀일까 하는 등의 생각을 하게 된
다. 그러나 이런 경우 순결이란 단순히 성적인 면에서만 평
가되는 외설스러움에 대한 반어법에 불과하다. 나는 성처녀
따위는 믿지 않는다. 그러나 그렇다고 해서 내가 성모(여자)
혹은 성인聖人의 의의를 부정하는 자라 단정하지 말아 주기
바란다. 나 역시 이 말에 부여된 가치를 거절(부정)하는 것
은 아니다. 그러나 내가 카톨릭에 귀의하지 않는 한 나는
바티칸이 지명한 성인의 대부분을 용인하지 않으며, 또 입
헌군주제에 반대하는 한 왕후 귀족을 청렴하고 고귀한, 혹
은 어떤 상징으로서 존중하지 않음은 명확하다. 이 같은 말
은 거꾸로 적용시켜도 가능하다. 예컨대 형법을 범한 자에
게 굳이 손이 더럽다고는 말할 수 없다 그도 그럴 것이 유
감스럽게도 손을 더럽혀 보지 않은 자는 한명도 없다는 것
이다. 인간은 모두 살아있는 것 자체로 죄를 짊어지고 있는
것이다. 만약 순결한 인간이 있다면 그것은 자신의 위치가

인간적(계급적) 입장으로부터 인류라는 이름을 가진 초월자
의 영혼뿐일 것이다. 초월자의 영혼을 문제 삼을 경우 섹스
와 관련한 성처녀의 기호(상징)는 순결의 초월 대명사로는
부적절할 것이다. 왜냐하면 처녀의 순결보다 창부의 외설스
러움을 선택할 수도 있기 때문이다. 그러나 이런 사고도 가
능할지 모른다. 성처녀란 그 특이한 삶, 즉 비범함으로 관철
된 부녀자의 행위에 덧씌인 가치표현 문제에 지나지 않는다
고 말이다. 그렇게 보면 과연 마리아라고 숭배하는 창부가
있다고 하더라도 전혀 이상한 일은 아니다. 그녀는 그렇게
행동함으로 되는 것이다. 그런데 설령 처녀의 몸으로 임신
했다고 하는 마리아 역시도 깨끗함(정숙함) 혹은 접신한 여
성의 혼을 나타내기 위한 수단으로서 여자의 육체적 결백에
그 상징성을 갈구한 것이며, 이러한 사상 자체가 남녀평등
의 원칙을 일탈한 봉건적 유물이 아닐까?

　어찌되었든 나는 마음에도 없는 말을 꺼낸 탓에 이야기가
비약해 버렸다. 요컨대 나는 현세의 악의 근원을 지적하고
싶었다. 설득해보려고 했지만 뜻대로 되지 않았던 것이다.
그렇다 하더라도 우리 인간이 고독함 속에 행위의 연마에
열중할 때, 아주 애매하게 의식하고 있던 근육(동작)을 통
해, 우리는 인간들 속에, 그리고 다양한 물질 내부로 침윤되
어 들어간다. 여기서 말하는 고독은 결코 외톨이의 의미는
아니다. 수만 명 관중이 집결한 구장의 다이아몬드에서 나
인의 격려와 팬의 기대를 한 몸에 받으며 투구를 계속하는
마운드 위의 이름난 투수도, 수림樹林을 상대로 깊은 산에서
홀로 묵묵히 훈련을 거듭해 완승한 챔피언 복서라 하더라도
그가 세계로부터 고립되어 있는 것은 마찬가지라는 의미에
서의 고독이다. 즉 행위는 일종의 초월인 것이다. 그리고 그

것을 허가하고 있는 것은 물질이며, 그것을 가능케 하는 것
은 욕망이라 이름 붙여진 즉 생명의 권력화이다. 게다가 이
스스로를 규율하는 욕망이라 불리는 대타對他 지향의 요소는
대상의 질적 변화를 수반하여 무한대의 용적으로 발전할 가
능성(성격)을 구비하며 그것을 과시하는 것이다. 나는 거기
서 욕망의 대상이 되는 그 자체만으로 '인간 역시 물질'이
라는 유물론자의 독단獨斷의 장場을 잠시 빌리고자 한다. 그
런데 그것은 나만의 문제는 아니다. 욕망 대 욕망이라는 갈
등 구도는 순전히 사물과 사물과의 관계에서 볼 수 있는 부
동不動의 지속성, 즉 절대존재라는 전제조건에 의해 구속되
는 것은 아니다. 어느 날 갑자기 인간은 욕망을 소멸(無)시
켜 영원의 상태로 돌아간다. 그리고 다시 욕망은 그 그로테
스크에 억압되며 규제되는 자승자박의 형상을 하게 된다.
그렇지만 또 그 때문에 모든 사물에 가능의 의지를 강요하
는 것은 사절한다. 나아가 쇠심줄처럼 단단한 중력을 끊고
우주 끝으로의 승천을 시도하는 것이다. 인류의 역사를 거
론할 것도 없이 인간의 진화는 환경에의 적응이라는 자연에
대한 종속적 지위를 벗어던지고 환경을 스스로가 적응해야
하는데 그것은 오로지 시간(의 흐름)에 기대어 지배신支配神
에 대해 끊임없이 도전하는 것으로 주어져 왔다. 이것이 현
상으로서의 이른바 혁명의 모티브(動機)이며, 우리가 합리라
는 명사를 통해 혁명을 평가하는 이유인 것이다. 그런데 시
간의 추이가 시대의 진보를 약속한다고 생각해선 안 된다.
역사는 그 어리석음을 유감없이 이서裏書해 왔다. 근세의 동
양은 세계사의 아침햇살이라고 할 수 있는 동향으로부터 커
튼을 내리고 숙면을 즐기고 있었으며, 맨발에 칼을 찬 예맨
인사들은 아주 최근에 혁명이라는 이름으로 이제 막 쇄국의

꿈에서 눈 뜬 참이며, 현대에도 남반구 깊은 곳에 자리한 땅으로 날아가면 태고의 영위에 하루하루를 사는 원시인으로 회귀할 수 있을 것이다. 또 1945년까지의 조선인은 시대를 거슬러 올라가 먼 옛날 자긍심 높은 고구려 민족과 비교할 수 없을 타락한 반생을 보내왔으며, 재일조선인은 피정복자의 부산물에 지나지 않았다. 그리고 지금까지와 다른 정복자의 군화가 우리의 조국을 짓밟고 우리를 능욕하고 있는 것이다. 이미 이론 만들기는 끝났고 그것을 실천할 사회주의 사회의 도래는 역사적 필연이라고 할 수 있다. 그렇다면 미국의 족쇄에 몸을 맡긴 남반부의 운명 역시 식민지 존재가 되는 것은 필연적인 행보였으며, 우리 부모가 아니꼬움을 참아내며 '내 팔자야!' 라고 하는 체념조의 자세를 반드시 배격할 수만은 없다. 어쩔 수 없는 일이었기 때문이다. 그렇지 않고 예컨대 재일조선인의 귀환협정 성립을 둘러싼 정세전개는 우리의 부단한 투쟁이 가져온 창조적 상황이다. 우리가 직면한 차원으로 전개되는 방대한 부단不斷의 정세를 이성적 인식에 기반하여 분석한 것과 우리의 희구하는 바를 합치시킨 행동을 통해 우리는 가까운 장래에 있을 비전을 바라볼 수 있게 되었다. 그러나 이미 약속된 미래 따위는 있을 리 없다. 우리의 전도에는 나락 위에 붙여진 박빙의 미래만이 존재한다. 그것은 인류의 예지를 갖는다고 해도 담보할 수 없는 것이다. 미래라는 것은 말하자면 절망이다. 바로 그렇기 때문에 거꾸로 우리는 한줄기 광명을 닮은 비전(活路)을 얻을 수 있는 것이다. 이에 대해 조금 더 설명하자면, 미래는 우리에게 반드시 통과해야 하는 시간이다. 그리고 미래가 끊긴 시점이 나의 종언(無)의 순간인 것이다. 나는 나의 죽음(절망)을 전제로 하여 그로부터 모든 인간의

행동(인생)에 대해 가치판단(평가기준)을 추출하려 한다. 오
늘 날 인류는 전쟁을 그 자체로 체험적으로 파악하고 있다.
미래에 발발할 가능성을 감추고 있는 핵전쟁의 본질-생명구
조의 정수파괴- 조차 경험하기에 이르렀다. 즉 그것이 인류
의 전쟁을 생리적으로 기피하고 있는 에너지인 것이다. 이
에너지를 이성으로까지 끌어올릴 때, 인류는 전쟁을 영원히
방기(극복)하게 될 것이다. 우리는 그 징후를 통찰의 저편에
서 발견한다.

미국이 재채기를 하면 세계경제는 감기에 걸린다. 이러한
전설을 낳은 자본주의의 전당 U.S.A. 그 부르주아지들을 풍
요로운 물질의 개인 소유자로 본다면, 맨해튼의 명물 마천
루摩天樓11)처럼 압도적으로 많다. 그럼에도 불구하고 그들은
세계의 부의 집대성을 꾀하는 것처럼 점점 더 빈번하게 이
익을 추구한다. 이것이 내가 지적하고자 하는 현세악의 핵
심이다. 어도비12) 벽돌로 지은 건물이 무너질 듯한 촌락과
누더기를 걸친 맨발의 멕시코 농민의 게으른 모습에서는 발
견하지 못했던 물질결핍 (현세악의 근원)의 증거를 나는, 스
페인풍의 앞마당과 분수가 있는 성과 같은 고급주택지에 사
는 부호의 존재에게서 발견한다. 그것은 부호들이 호화롭고
사치스러운 소비생활을 마음껏 하기 때문이 아니라, 그들이
생산면에서 소유하는 착취구조를 정력적으로 구사하는 일에
종사하기 때문이다. 생산과정에서 생기 있는 자는 단 한명
자본가뿐이다. 생산력의 주체인 노동자의 창의성은 소외(비
인간화)되어 거의 활용되지 못하고 그들의 죽음과 함께 묘
지의 흙으로 돌아가 버린다. 유럽을 석권한 세기말 공황은

---

11) 하늘에 닿을 듯 높은 건물.
12) 햇볕에 말려 벽돌을 만드는 점토.

20세기 초에 이르러 신세계의 정의를 바꾸었다. 마르크스주의 국가의 출현은 현세악에 대한 위대한 도전이었던 것이다. 복수複數 계급의 존재를 허용하지 않는 일당독재의 피로 더럽혀진 요괴(악)의 이미지로 사람들의 영혼에 숨을 불어넣은 것이다. 몸서리치는 자, 증오하는 자, 환생하는 자, 열광하는 자, 그러한 가운데 마르크스주의는 각각의 사회에서 물질을 전체로 환원하는 체제를 확립했다. 이러한 것은 전적으로 추악함에 뒤덮이는 것으로 비로소 이룰 수 있는 것이다. 개개의 활동가에게서 맡게 되는 체취의 추함은 차치하더라도 공산당이 갖고 있는 마법(변혁)을 보는 듯한 추잡스러움에 환멸을 느끼는 자는, 성자(악의 초월자)의 길을 걷지 못할 것이다.

분열된 세계를 하나로 복원하려는 시도는 동서 모든 진영에서 노력을 다하고 있다. 그런데 성공의 열쇠(가능성)은 서쪽에는 없다. 왜냐하면 그들의 의도는 영원한 계급분열을 추구해마지 않기 때문이다. 내부 모순을 안은, 이른바 제국주의자의 목적행위는 좌절이라는 운명을 짊어지고 있다고 할 수 있다. 목표를 달성할 자격은 사회주의 쪽에만 있다. 무력으로 일을 해결하려 하는가? —이 경우 목적의 수준을 상실하게 된다— 혹은 평화공존을 통해 목표를 달성하려 하는가? —세계의 여론을 결집시켜 사면초가로 만들어 그들 부르주아지들을 항우項羽의 말로로 이끌어 가야한다— 그 어느 쪽을 선택할 것인가는 이미 우리의 책임해석의 귀추에 달려 있다.

엽총

김시종

조성照星[13]에
모국을 태운
그는
일찍이
자신의
죽음의 시기가
가까이 왔음을 알고 있었다.
사실
그 가난한
지형에 접한
조척照尺[14]이
가늠할 수 없는
조준에
당황한 것은
있을 법한 일이긴 하다.
붉게 물든
산맥과

---

13) 총의 가늠을 보기 위하여 총구 가까이에 붙인 삼각형의 작은 쇳조각.
14) 가늠자. 총의 가늠을 보기 위하여 총열 앞쪽의 윗부분에 붙여 놓고
   가늠구멍을 만들어 놓은 장치.

빈약한
들판에 숨어 있는
황량감을
해병은
샤이엔15)의 영역이라도 침범한 듯한
흥분 속에서
받아들이고 있는 것이다.
확실히
120년 전의 피가 들끓는다.
중첩된
아스팔트 정글에
잘려나간
프런티어 정신이
1만 킬로의 파도를 일으키며
지금 마침내
대서부의
끝없는 환영 속에서
공이擊鐵16)를 당긴다.
아무리 해도

---

15) 아메리칸 인디언 부족 가운데 하나.
16) 격발 장치를 일컬음.

확인이 불가하다.
그의 이미지에
하얀 이를 한
군중 무리는
분노의 미명과 뒤엉켜 있다.
그것도
늙은
소안틸[17] 섬사람의
녹새치가 무리지어 있는
청상아리의 이빨이다!
하얀
경질의 유리를 거꾸로 세운 듯한
이빨의 병풍에 둘러싸여
이상하게도
인간은
흑인만이
그 명확한
존재가 된다.
조척을 통해
포획한 물체가
조성에 올라탈 때

---

17) 카리브해 제도를 일컬음.

흐림 없는
그의
응시 속에는
이미
이변 따위
기대할 것도 없었다.
성난 개!
눈 깜짝할 사이에 몸이 뒤집힌
해병이
몸부림치는
논두렁에
가랑이를 처박은 채로
고통에 몸부림친 것은
그야말로 순식간의 일이었다.
숙달된
해병에게
포획물은
아무래도 들개가 아니면 안 된다.
이 흥분은
로스앤젤레스를
출발할 때부터 시작되었다.
홀린 듯

산 표면을 뛰어다니는
아픔이
백귀야행의
미개척지를 향해 갈 때,
반드시
주류지에는
들개가 있어야만 하며
아파치와
샤이엔에 섞여
개척자로 떠받들어지는
수Sioux족[18]도 있어야 한다.
그런데
흑인과의 동거만은 안 된다!
특히
메러디스[19]는 안 된다!
확산된
초점이
드디어
망원 가늠자 안에
정확히 맞춰졌다.

---

18) 미합중국 북부 중서부에 선주하는 인도네시아 부족.
19) 조지 메러디스(George Meredith, 1828-1909) : 영국 빅토리아 시대
   의 시인이자 소설가.

불거진
고독.
정진
들개로 표변豹變한
동포를 본다.
이빨 제조자들이
어느 틈에
이빨의 성을 만들어 버렸다.
기묘하게도
인간은
모두를 잃고
단 한사람의
메러디스 군만이 동포가 되었다.
그는
절절히
F · N소총의 무례함에 떨었다.
작열하듯 퍼지는
산탄의 사정 내에
이빨과 함께
형제를 놓아 둘 수는 없다!
아아
모국에 관여했던 나날

멀리 떨어진 거리에
내가 있을 것이다.
굳어진 미소가
길게 이어진
논두렁 앞
대나무 숲에 곤두박질쳤다.
일제히
죽순대가 출렁이며
빈약한 들에
서리를 깨는 바람이
산울림이 되어
와하고
전해졌다.
해병의
착각은 아니다.
일찍이
남조선은
그들의 사냥터였던 것이다.
주의 깊게
소총 총구를 겨냥했다.
메마른 풀이
뒤엉켜

소용돌이치는 바람에
엎드린
여자의
목면 치마가
펄럭펄럭 거렸다.
믿을 수 없다.
임신이다.
아니
새끼를 밴
개다.
게다가
사체를 굴리던
군화가
그들의 경건한 전통에 따라
십자가를 그었다.
신이시여.
메마른 땅에는
역시
들개만
살게 해야 합니다.
그렇습니다.
나는 개를 쏜 것입니다.

백구를
쏜 것입니다.
채소의
뿌리를
씹는다든가
확실히
개가 아니면
살 수 없는 나라다.
탄력 받은 총구가
미끄러지듯
뒷걸음질 쳤다.
짐짓 불복하듯
집요한 눈초리를
미간에 그리고
사냥을 잊은
노인이
완고한 침묵에
멈춰 선다.
총 구멍은
모국을 단념한
남자의
나락과 닮아 있다.

탄소로 구워낸
니켈크롬강의
차가운 촉감에
나선형 도랑은
끝을 헤아릴 수 없을 만큼
깊디깊다.
나는 쏘지 않는다.
아니 쏘지 못한다.
불행은
오히려
카리브족의 비애에 너무 개입한
나의 이방인다움에 있다.
미명.
더없이
불타는 섬을 사랑한
하바나의 남자가
죽었다.
멍한 동공을
미간에
그리고
카리브해 상공에
투영된다.

확대투사장치의
아성牙城을
거절했다.
더 이상
미국에
서부는 없다.
보잘 것 없는
두뇌와 의지로 투하되는
자본의
밤의 영상만 있을 뿐이다.
쿠바에
종이 울린다.
누구를 위해 울리는 종인가는
아득한
아침의
빛이
증거다!

버려진 말에 대하여   -K군에게-

조삼룡

시를 쓰라고 말한다
반드시 쓰라고 말한다
너의 말이
마음에 깊게 스며들어 지워지지 않는다

나는
버려진
말에 대해 생각한다

전투 대열이
무너졌을 때
뒤엉켜 흩어진
생생한
핏빛을 띤 말

우레 같은 박수갈채의 파도에
이리저리 밀리며
만당滿堂에 메아리치는
기운찬 말

토치카20)
두터운 벽에
총을 맞고
튕겨져 나와
풀숲에 처박힌
녹슨
총탄처럼
허망한 말

귀국열차가
발차하기 직전의
플랫폼
환호의 폭풍 속에
몸부림치며 젖어 있던 말

스무 살 겨울
바싹 여윈 손으로
내 손을 감싸 쥐며
사랑한다는 말을 남기고
죽어간 사람의
유골을 받아 든 그때처럼

─────────────────────
20) 콘크리트로 견고하게 만든 진지.

버려진 말을
주워 모으려
제트기에 몸을 싣는다

비무장지대의
풀숲은
눈에 덮여 꽁꽁 얼어버려
동력삽으로도 어림없다

나도 모르게 떨어진
한 방울의 눈물 뒤에
어슴푸레 열린
작은 구멍에서
검게 그을린 말이 달라붙어 왔다

너는 시를 쓰라고 말한다
나도 쓰려고 한다
갈기갈기 찢겨져
상처 나고 녹슨
말을 주워 모아
너와 나의 마음에-

가리온 3호

제1회 공개합평회

방문 환영 !

일시   1963년 2월 24일 （日）

장소   오사카시大阪市 히가시스미요시쿠東住吉区 히라노니

　　　　시노쵸平野西之町 12

　　　　도아조선인상공회東阿朝鮮人商工会 2층

　　　　시내버스 구마타쵸杭全町에서 하차 남쪽으로 한 블록

　　　　이쿠와育和소학교 앞에서 좌회전 후 150미터

TEL   (717)5814

カリオン三号

第一回 公開合評会

来場歓迎！

日 時　一九六三年二月二四日（日）

場 所　大阪市東住吉区平野西之町十一

　　　東阿朝鮮人商工会 二階

　　　但シ市バス杭全町下車南ヘ一丁

　　　育和小学校前左ヘ入ル一五〇米

TEL（七一七）5814

끝없는 환영

양석일

깊은 삼림 속에서   헤매었다
빛도 없고 바람도 없이
지금 도망쳐온 현실의 환영인가
무릎을 푹 꿇고
이슬에 젖은 잡초에 몸을 내던지자
내 몸 속에 남겨진 적은 피가
한꺼번에 빠져 나간다
소리 없는 아우성
고뇌의 거품
덧없는 증오 속에서 멸종하는가!
이대로는 차마 죽을 수 없어
야수처럼 살아남는 것이다
야수처럼 살아남아
다시 보복의 날을 기다리지 않으면 안 된다……
그렇게 생각하면서
꿈같은 방황을 계속했다
방황을 계속하고 있자
귓속에서 낮은 신음소리가
거듭 퍼져 쟁쟁하게
음산하게 상처의 심연으로 스며들어온다

동지 K의 고문에 버티는 새하얀 절규가
저미어온다
내장을 토해내고, 벽을 씹어
손은 부재의 본심을 휘젓는다
그것을 쳐다보고 웃는 미군장교의
하얀 이빨이 갑자기 사라진다
사라진 뒤
이대로 도저히 죽을 수 없다는 생각이 복받쳐온다
나는 긴다, 힘이 붙어있는 지금
기는 것 외에 달리 방법이 없는 나는 긴다
기면서 어둡고 차가운 암흑 속에서
차례차례로 다가오는 이미지는 무엇인가
이제는 어떤 이미지도 없이
단지 하나 믿기 어려운 증오가 영원히 불탄다
그을린 시체더미를 헤쳐 보자
피부가 벗겨진 아내의 얼굴이 어렴풋한 모습을 남기고 있다
절망은 사나운 살의로 바뀐다
이 무인의 삼림에서 아득히 멀리
지금도 어느 그늘에 숨어서 노리고 있는 놈
그는 미군병사를 꼭 닮은 사촌이다
노예근성의 사촌 형제를 죽여라!
죽이지 않으면 우리가 죽는다

우리들은 누구인가?
자네인가, 나인가 오오 사촌형제일지도 모르지
벗을 배반하고 육친을 배반하고
배반만이 살아가는 방법이다
기아와 공포, 무지와 무한한 핏줄의
끊기 어려운 인과율이 계속 배반 된다
배반의 끝에 무엇이 있을까
무겁게 짓눌려온다
탐욕스러운 얼굴, 백치의 얼굴
바르르 살의에 경련하는 얼굴
어둠에서 웃는 얼굴, 얼굴 얼굴 얼굴
본 기억이 있는 그 얼굴에 홀려있으면
갑자기 이상한 냄새가 난다
풀들을 기어 헤치며
문득 눈을 감고 이를 악문다
어둠속에서 허옇게 전라의 학살된 몸이
치부를 들어내고 흩어져 있는 것이다
여기는 무인의 삼림인 것이다
나는 환영에 사로잡혀 있는 것이다
라고 심하게 몸을 때려보지만
이미 몸은 연쇄반응이 없다
한발자국도 움직일 수조차 없이
나는 깊은 어둠에서 헐떡일 뿐이다

바다의 허구

정인

여름.
아내와 바다로 갔다.
우리들의 상상력은 시들어서
전철과
우체통과
빌딩과
슈퍼마켓
계속 울어대는 전화 속에서
둘 다 미아가 된다.
때문에 어딘가 태초의,
쾌락과 같은 곳으로 돌아가서,
생명을 회복하려했다.
생각은 그러나
꿈속의 원근법처럼,
매우 애매하고 불안한 것이다.
우리들 생각에 잠겨,
언제나 지각만 하기 때문에,
바다는 놀이에 익숙해져,
양파와 된장국 냄새만 난다.
이미 어부들이 멀리 사라지고,

타블로(그림) 같은 바다에,

축제를 즐기는 거리가,

신기루같이 흔들리고 있다.

중유냄새조차 나지 않는다.

바다와 같은 수영복을 입고,

목까지 푹 잠긴다.

그것이 이미

우리들에게 남겨진, 유일한,

불가사의한 의무와 같다.

빠져 드는 이 평온함과

하복부 근처에서 점차로 솟아온다.

차가운 두려움을

어떻게 설명하면 좋을까.

미칠 듯이.

꼼짝도 하지 않는 수평선에서

느긋하게 파도를 타며,

높고 낮게 타악기의 소리가 들려온다.

기미가요마루君が代丸[21])의 뱃바닥을 닦는다,

---

21) 기미가요마루君が代丸는 1922년부터 1945년 제주도와 일본 오사카를
    오가던 화객선이다. 정원은 365명이었으나 보통 정원에 2배 가까운
    사람이 승선했다. 주로 한반도에서 돈벌이로 일본으로 건너가는 사람
    들이 이용했고 추석이나 설에는 귀성하려는 조선인으로 오사카항은
    조선인으로 인산인해였다고 한다.

현해탄의 잔혹한 집념의 리듬이다.
떠오른다······
푸른 진흙의 깊은 잠재의식에서
탁 눈을 떠,
전율처럼,
또다시 환각의 먼 습관이 왔다.
낯선 황량한 바다다.
인천, 목포, 서귀포, 부산······?
마구 흔들리는 해안선에서
오한을 느끼는 아내는
표정 없이 바다를 바라보고 있다.
왜 이렇게 멀어!
정신이 아찔해 질 정도로 쳐다보고 있자,
바다가 종이처럼 말려서,
등신대만한 시커먼 쥐가 기어올라 왔다.
비정상적으로 비대한 복부를 움켜쥐고
욕정의 땀투성이가 되어,
다정한 남자처럼 선글라스를 쓴다.
그리고 서서히 마술을 해 보이는 것이다.
너덜너덜한 만국기에서
팔랑팔랑 잠옷을 끄집어낸다든지,
카빈총을 꺼내 보인다든지,

수평선 끝까지 강철을 깔아서 보인다든지.
차츰 무도병舞蹈病22)의
처참한 자기도취에 빠져들었다.
참기 어려운 듯,
아내는 이제
절규하듯 트위스트를 춘다.
카빈총을 갖고 싶다!
방아쇠의 차가운 살의의 감각을 느끼고 싶다.

---

22) 무도병 chorea 은 얼굴·손·발·혀 등의 근육에 불수의적不隨意的
　　운동장애를 나타내는 증후군으로 심한 경우에는 자주 발작한다. 류
　　머티즘에 관련하여 일어나는 추체외로계錐體系 질환의 하나로, 그
　　보행步行이 마치 춤을 추는 것 같아서 붙은 이름이다.

[르포르타주]

니가타[23)]

고 형천

1961년 11월 2일 목요일

한낮 길모퉁이를 돌았을 때 갑자기 니가타 일본적십자센
터와 마주쳤다.

합승버스는 휘발유 냄새먼지 저편으로 사라져 버렸다. 드
러난 바다 쪽이 갈 사람으로 넘쳐나고 우리는 아카시아 숲
속 한적한 넓은 길을 걷고 있었던 것이다. 태양은 빛나고
언덕은 계속 이어져 있고, 삼켜들 것 같은 새파란 하늘 산
기슭에서 동해는 알을 품은 백사처럼 계속 온유한 존재로
있다. 정문은 이미 눈앞에 있다. 우리들로 말할 것 같으면
마치 오전에 하는 멋진 산책을 즐기고 있는 기분이다. 도시
는 아득히 멀고 날씨도 더할 나위 없이 좋았는데 막상 와보
니 기분이 더 좋아졌다.

갑자기 커브를 꺾은 경찰차가 뒤에서 우리 옆을 초스피드
로 돌진해서 센터 오른쪽으로 방향을 틀어 순식간에 정문에
서 사라졌다. 우리들은 엄청난 흙먼지를 뒤집어썼고, 나무들

---

23) 「금요일 정오」에서 인용한 편지문은 이론사理論社 남일용南日竜 편
『다시 만나는 날에는 – 조선학생의 수기 また逢う日には 一朝鮮学生
の手記』에서 적당히 재인용했다. 또한 「니가타항 오후 3시」에서 인
용한 시오도르 루즈벨트의 어록 등은 신일본출판사 新日本出版社
『조선민족해방투쟁사朝鮮民族解放闘争史』에서 인용했다.
(필자 주)

은 순식간에 한없이 맑은 니가타 천공을 찔러 죽이는 듯 했
다. 우리들은 갑자기 울적해져서 죽은 시계바늘과 같은 아
카시아 속을 침묵할 필요가 있어서 걸음을 재촉했다.

"면회입니까?"

수위가 말했다.

"그렇습니다. 모두를 만날 생각입니다."

우리들은 당황해서 구내를 들여다보고, 급히 위엄 있는
수위의 모자에 눈길을 보냈다.

"여기에 당신들의 지인은 없군요. 면회할 때는 상대방을
기록하는 규칙이 있어서요. 성명 기입란에 인쇄되어 있는
것이, 보세요, 잘 아시겠지요, 여러분!"

면회카드 종이가 수위의 손가락 사이에서 팔랑거렸다. 그
러나 우리들은 수위 등 뒤 하늘에서 팔랑이고 있는 깃대 위
적십자 깃발에 시선이 가 있었다.

"알겠습니다. 수위아저씨! 성명 기입란이 인쇄되어 있군
요. 그러나 우리들의 목적은 귀국동포들을 만나는 겁니다.
오사카에서 밤새도록 와서 오늘 아침에 막 도착했어요. 그
들과 어떻게든지 이별 인사를 하게 해주십시오."

"사정은 딱하지만 그건 안돼요. 아무튼 규칙이 까다롭기
때문입니다."

"우리는 나쁜 사람이 아니에요!"

수위는 얼굴을 들고 모자 속에서 미소를 지었다.

"윗사람에게 말해보지요."

구내의 사무실 쪽으로 우리들의 '의지'를 전달하러 가는
제복의 일본인이 너무 좋아지게 되었고, 우리들은 조용히
기다리고 있는 사이에 멋진 둥근 하늘에서 낙하해 오는 벌
거벗은 태양에게 감사하다고 했다.

우리들은 출입허가의 완장을 차고 구내를 돌기위해 수위
를 따라 일본적십자 안으로 들어갔다.

"저것은 십자가인가요?"

지붕 위에서 푸른 하늘을 예리하게 찢는 그것은 침묵의
유품처럼 보이고, 우리들은 이미 정문에서 닫혀있는 이상하
게 무거운 문에 마음이 아팠다.

"그렇습니다. 저기에는 의지확인 실이 있어요. 국제적십
자위원회가 입회하는 곳이에요. 동경근처에 체재하고 있는
주재원들이 매주 한번 여기로 오도록 되어 있지요. 이번에
는 어제 그것이 막 끝났어요. 주재원과 일본적십자측은 자
유로운 분위기 속에서 자유의지의 확인이라는 점에서 매우
신경을 쓰고 있지요. 뭐 그런데 노-라고 하는 귀국자는 전
무합니다."

수위는 느긋하게 말했다.

'십자가는' 이라며, 목가적으로조차 들리는 일본인의 목
소리는 이어졌다.

"교회였어요. 58년까지 여기는 미군병영이었지요. 옛날에
는 물론 일본육군 병영이었지만. 현재는 귀국자 숙사가 5동
으로 신축중인 것이 1동, 식당, 목욕탕, 이발소, 매점, 면회
소, 극장 등이 있어요. 겨울에는 스팀으로 실내를 난방하고
있습니다. 그리고 저것은 귀국자 창고지요. 두 동이 나란히
있는 저거에요."

수위는 도로 맞은편을 가리켰다. 귀국자 창고는 그것이
오히려 인접한 광대한 니가타 비행장 부속물처럼 도로 옆에
있다.

우리들은 그러나 잔디 구내에서 유유히 휴식을 취하고 있
는 우리 동포에게 마음을 빼앗겨 친절한 안내인의 설명이

뒤죽박죽으로 들린다. 갑자기 환성이 나고 우리의 눈은 기념촬영중인 한 무리 쪽으로 저울추처럼 달려갔다. 그것이 사라지려 할 때, 새로운 환성은 다시 파도를 일으켜 막 실현하기 시작한 '빈자리'를 없애버렸다. 우리들은 울타리 옆을 산책하고 있는 멋진 검은 조선옷의 아가씨를 봤다.

"언젠가는" 안내인이 말했다. "짐 가운데는 아주 새 트럭이 몇 대나 있었지요. 매주 세관이 출장을 나와서 검사를 합니다만, 아주 여러 가지가 있어요. 저런 큰 창고 두 동으로 모자랄 정도지요. 그러나 모든 분의 짐은 나라건설에 도움이 되는 것으로. 기계류라든지."

"우리들은 저 창고가 너무 작다고 생각해요." 라고 대답했다.

"저 사람들은 모든 재산을 다 팔았어요. 천명의 재산을 보관해 두기에는 저것이 오히려 초라하지 않습니까. 제78차 귀국선까지 7만4천명의 동포가 조국으로 돌아갔는데 지참금 합계는 1억7천만 엔입니다. 우리가 계산해 봤지요. 한사람당 딱 2천3백 엔이 아닙니까. 아, 그렇다고 기분 나쁘게는 생각하지 마세요. 당신의 탓이 아니지요."

"아니 전혀" 안내인은 페인트를 칠한 가건물 앞에서 말했다. "여기는 매점이에요. 좀 보실래요."

우리들은 건물 안의 일용품과 의료품, 그리고 식료품등이 진열되어 있는 점포사이의 통로를 걸어갔다.

"뭐가 가장 잘 팔립니까?"

"조선어 관련 책이 많이 팔려나가지만 가장 잘 나가는 것은 과학서에요. 학생들이 역시 단골손님이지요."

우리들은 책방 앞에서 고마움을 전하고 여점원에게 미소를 선물했다.

"여기 상품은 시가에 비해서 훨씬 싸지요."라고 안내인이 말했다. "물품세의 대상이 될 것 같은 상품에는 과세하지 않도록 특별히 논의되었지요. 카메라와 라디오 등에는 매우 싼 가격으로 정해져 있어요. 시내의 양심적인 상인을 엄선해서 들어오게 했습니다. 장사하고 싶어 하는 상인이 많이 있어서요."

"네 너무 잘했네요."

우리들은 활기차게 잔디가 녹색으로 비치는 아카시아 가로수 샛길담장을 따라 지나 갔다.

"게다가 모두 참 친절하시네요. 아무쪼록 가엾은 저 상인들에게도 이윤이 조금은 남게 해주세요. 아, 비꼰다고 생각하지 마세요."

"아니, 전혀요. 여러분 이제 곧 식당입니다."

안내인은 육교와 같은 긴 스팀파이프 밑을 지나갔다.

공회당과 흡사한 광대한 식당 입구에서 우리들은 흥건히 음식냄새로 베어든 공기를 호흡했다. 옛날과 다름없는 식사습관 따위는 정든 집과 함께 묻어버리고 온 것처럼, 큰 홀은 활기에 차 있었고 수 십 가구의 우리 동포들은 대집단 속에서 화기애애하게 점심식사를 하고 있었다.

"조리와 메뉴는 센터에서도 정말 애를 쓰고 있습니다." 안내인은 다정하게 말했다. "가능하면 조금이라도 여러분에게 조국의 맛을 맛보게 하려는 거지요."

"김치를 먹게 해주네요."라고 우리들은 바로 말했다.

"아아, 저 냄새! 저 냄새에서 우리들은 바로 저 김치의 색깔을 눈앞에 떠올리지요. 얼얼한 저 자극적이고 새빨간 미각을. 우리민족은 이 냄새와 빛깔과 미각의 존재 안에서 우리들의 식물적인 조국을 믿고 있는 거지요."

"여러분들이 조금이라도 좋은 추억을 갖고 귀국하신다면" 안내인은 계속해서 말했다. "그것은 멋진 일입니다. 우리들은 언제나 그렇게 소원하고 있지요. 여기에서 머무는 것은 고작 3일뿐이니까요."

"네 그러게 말이에요"라고, 우리들은 테이블에서 테이블을 민첩하게 돌아다니는 하얀 마스크의 취사부들에게 혼을 빼앗기며 대답했다. "반드시 일본에서 마지막을 장식하기에 어울리는 추억의 장소가 될 겁니다. 우리 동포들은 당신들에게 감사합니다. 때문에 사실을 말씀 드린다면 메뉴만 신경을 쓴다는 것은 좀 유감스럽군요. 우리들은 오늘 오히려 어느 사회의 식사풍습이라는 것에 엄청 공상을 했어요. 요리는 전문가적인 견지에서 조리된 창작품이고 인간은 언제나 잔치 기분 속에서 식사를 진행시킨다는 것. 이것은 여기에서 식사가 어째서 보다 일본적이어서는 안 되는가, 하는 의문이 떠올랐기 때문입니다. 아- 제발 비난이나 뭐라고는 생각하지 말아주세요. 우리는 감동하고 있습니다!"

"아니요"라며 기분 좋게 안내인은 미소를 지었다. "당신 나라 사람들은 훌륭해요. 행동이 빠릿빠릿하고 모두 한마음으로 마음이 꼭 맞아요. 게다가 모두들 활기차구요. 보고 있는 우리까지도 마음이 밝아져요. 실제 센터 안 어디를 찾아봐도 이별의 어두운 그림자 따위는 털끝만큼도 없지요. 저는 센터에 근무하고 나서 우리 일본인이 뭐든 성급하면서도 무력한 국민이 아닌가 하고 생각할 때가 자주 있었어요."

"그건 아니지요." 보일러실 앞에서 우리들은 말했다.

"일본인은 위대한 민족입니다! 우리들은 당신들을 존경하고 있어요. 더구나 절친한 친구로 생각하고 있는걸요."

"감사합니다." 안내인이 말했다.

"여기가 목욕탕입니다. 그럼 여러분 저는 이제 가겠습니다. 다음은 저기 숙사 쪽으로 가보세요. 나중에 면회카드를 대기소에 넘겨주세요. 그걸 꼭 잊지 마세요."

"감사합니다." 우리들은 대답했다. 면회대상을 찾아내어 꼭 면회카드를 넘기겠습니다. 우리 동포들은 모두 당신에게 감사합니다."

우리들은 숙사 3호 기숙사로 향했다.

우리들은 그러고 나서 제 3호 기숙사의 눅눅한 동굴 속에서 번뜩이는 메스와 같은 오한에 오싹했다. 그러나 신입생 같은 자못 진지한 걸음으로 인기척 없는 복도를 지나갔다.

"여러분 안녕하세요." 우리들은 문을 열고 방안으로 들어갔다. "동무들 내일은 이제 떠나는군요."

"오사카 동무들 안녕하세요." 방안의 노인이 대답했다. "배웅하느라 수고가 많아요. 이 방 사람들은 모두 오사카에서 온 분들이지요."

방은 을씨년스러운 화물역처럼 천장이 매우 높았고 우리들은 노인의 소개로 한 사람 한 사람과 긴 악수를 했다.

"반장동무를 꼭 만나주시게"라며 부반장 노인이 우리들의 손을 잡고 말했다. "곧 여기가 떠들썩해질 겁니다. 식당에서 이제 모두 돌아올 시간이지요."

"할아버지 친절하시네요." 우리들은 대답했다. "반장동무도 만나고 가고말고요."

"지금은" 우리들은 노인에게 말했다. "푸념을 늘어놓을 때가 아니라고 생각하지만, 방이 너무 휑하니 넓고, 이런 차가운 공기가 할아버지 몸에 해롭지 않을까 그것이 염려가 되네요."

"괜찮소. 젊은 동무들"

하며 늙은 부반장이 우리에게 말했다.

"여보게 나는 지금까지 40년을 이 일본에서 있었소. 이 나라 기후에는 이미 익숙해졌지. 그것보다도 여보게 전라도 태생인 내가 전라도의 공기 맛을 완전히 잊어버린 것이 속상하다오. 그렇게 생각할 뿐이지. 나는 그렇지만 그것이 무척 짧은 세월로만 생각돼. 마치 꿈처럼 말이야. 다만 자네, 어제까지는 이 허공에 앉아있는 것 같은 끝없이 잠겨가는 끝없는 역사를 잡고 있는 듯이 자포자기로 처량한 기분을 갖고 있었지. 내가 이 기묘한 역사와 이별을 고했을 때, 내가 생각한 건, 말도 풍습도 다른 이 이국땅에서 묻혀 흙이 되는 것이 너무 싫은 거야. 틀림없이 그렇게 될 거라고 생각했구먼. 그런데 말이야, 이렇게 내가 귀국하는 몸이 되어 보니, 망각의 바다로 사라져야 할 40년이 농축된 형태로 선명하게 비쳐오는 거야. 마치 다른 사람의 삶처럼. 그래서 나는 웃어넘기고 싶구먼."

"젊은 동무들" 하고 늙은 부반장은 청년 같은 눈을 하고 말했다. "나는 경애하는 우리 김일성수상과 위대한 공화국의 깊은 배려에 감사하고 있어. 나는 태생이 농부인데 이곳 일본에서는 직업이 고양이 눈처럼 언제나 변해서, 그야말로 온갖 일을 해 왔지만 실제 뭐가 나의 진짜 직업이었는지 도무지 알지 못하고 끝나 버렸지. 조국에 돌아가면 나는 역시 농부 일을 하려고 하오. 더구나 여보게! 통일이 성취된 조국 산하를 번쩍이는 특급열차를 타고 내가 태어난 고향 전라도로 돌아갈 수 있는 날을 가장 크게 기대하고 있지. 내 눈이 검을 때 나의 어머니 같은 저 고향을 대면할 수 있다는 것은, 꼬부라진 내 인생에 아직 돌려받을 거스름돈이 있다는 것처럼 횡재한 것과 같지."

　노인은 미래를 옛날이야기처럼 하고, 우리들은 노인의 이야기를 과학적인 미래 그림처럼 경청했다.

　"할아버지 늘 건강하게 사세요."라고 우리들은 말했다.

　"고마워. 젊은 동무들" 하며 늙은 부반장은 대답했다.

　"나는 이제 이 일본에 대해서 어떤 원망도 없어. 고생은 방귀 낀 것처럼 언젠가는 사라져버리겠지. 자네들도 건강하게."

　우리들은 정식으로 면회신청을 한 사람이 되기 위해서 음침한 복도를 지나 눈부신 가을 날씨의 쾌청한 밖으로 나왔다.

　우리들은 그리고 한씨 가족에 섞여 풀의 훈김이 나는 잔디에서 맛있는 음식을 대접받았다. 과일과 통조림이 샛노란 태양에 윤이 나서 붉게 빛나고 우리들은 빛과 사과를 먹으며 농담을 하며 웃었다. 또 옆 그룹의 기념사진을 찍어주었고, 답례로 우리들의 오찬도 렌즈에 담았다. 매우 유쾌한 봄날의 소풍을 즐기고 있는 것 같은 느낌이었다.

　"귀국하면" 스무 살의 한씨네 딸내미가 말했다. "나는 조국여성을 한명도 남김없이 미인으로 만들고 싶어요."

　"이애는 말이지요. 여러분" 어머니가 말했다. "파마기계 일습 전부를 갖추어서 갖고 간답니다." 우리들은 손뼉을 치며 예쁜 미용사의 장도를 축복했다.

　"여러분" 서른 살의 큰딸이 말했다. "언제나 모두들 오빠를 격려해 주세요."

　"저 사람은 참을 수 있을 런지."

　올케언니가 한숨을 쉬고 큰딸에게 말했다.

　"당신 잊지 말고 편지만큼은 보내세요. 나는 매일 당신편지를 기다릴 겁니다."

　"이 나라에서는 실패했지만 돌아가면 고칠 거야." 사위가 말했다.

"어머니와 당신들도 형님을 폐인으로 생각하면 안돼요. 형님은 이 나랏물이 천성에 맞지 않았던 거야. 그래서 술만 마셨던 거지. 그러나 그 쪽은 다르겠지. 술 없이도 살 수 있는 진짜 물이 있으니까."

"여러분" 어머니가 조용히 말했다. "자식을 옛날처럼 온전한 인간으로 만들고 싶어서 나는 일면식도 없는 북으로 이 애들을 데리고 가는 거랍니다."

"나는 일본인이라서 조선인 아내 가족을 배웅하러 니가타에 왔지요." 사위가 우리들에게 말했다. "나는 혈육의 이별이 얼마나 비참한 장면을 연출할까하고, 솔직히 속으로는 우울한 기분을 참지 못한 채 니가타까지 왔지요. 그런데 여러분 실제는 전혀 다르네요. 우리들의 이별은 정말로 간결하고 남성적인 유머까지 있네요. 이 정도면 이제 괜찮아요. 적어도 한 방울의 눈물조차 흘리지 않고 우리들은 우리의 출항에 잘 어울리는 남자다운 이별을 해낼 수 있어요."

"네 그렇게 생각합니다." 우리들은 일본인 요시노씨 말에 동의하고 어머니에게 말했다. "어머니 걱정하지 마세요. 병주 동무는 꼭 새사람이 될 겁니다." 우리들은 그리고 한 씨네 가족과의 재회를 약속하고 건배했다.

조선 귀국학동을 보내는 모임인 일본인 초등학생들이 전세버스로 일본적십자센터에 많이 들어와서 이곳은 작은 악수의 파도로 넘치고 있다. 태양은 서쪽으로 조금 기울기 시작하고 우리들은 송별회가 있는 극장 쪽으로 서둘렀다.

"귀국 축하해"

"언제까지나 사이좋게 지내자"

조선과 일본의 소학교 학생대표가 무대에서 메시지를 서

로 교환했고, 일본교직원조합/니기타현 교직원조합선생님이 "건강하게 가세요."라고 말했다. 우리들은 그리고 귀국학동 부모단의 어머니가 매우 우스꽝스러운 일본어로 당당하게 고마움을 말하는 것을 들었다.

극장 안은 곧 어두워지고 라이트 빛으로 솟아난 것 같은 무대에서 일본인 초등학생의 '마을사람과 여우'라는 아동극이 진행되었다. 마을사람과 여우의 지혜겨루기라는 이 아동극은 우리들도 옛날 일본 초등학교에서 한 적이 있던 것이다. 옛날 민담 가운데 아직도 계속 살아있는 그로테스크한 '일본'을 만나니, 우리들은 갑자기 꿈틀거리는 우리의 내장을 느낄 때, 저 사라지기 어려운 불안한 존재감에 휩쓸렸다. 우리들은 그러나 어두컴컴한 객석에서 침착하게 또 다른 하나의 극중 대사와 같은 비밀이야기에 귀를 기울였다.

"조금 아쉬운 마음도 들어"

어둠속에서 연하인 것 같은 쪽이 히죽거리는 어투로 말했다. 그러자 상대는 의미 있는 듯 물었다.

"뭐가?"

"나 교토역 귀국열차에서 도망쳤잖아"

"잡혔어?"

연상인 것 같은 쪽이 말을 하는데, 우리들은 어둠속에서 무의식중에 귀를 기울이며 들었다.

"빌어먹을 놈!" 젊은이가 말했다. "경찰들이 쫙 깔려 있었어. 허둥지둥하는 사이 전차가 움직이기 시작했기 때문에, 에라 모르겠다하고 뛰어들어버렸어. 그리고 나서는 보다시피 모르는 체하는 거야."

"자네 정말 도망칠 생각이었어?"

"뭐? 이상하게 듣지는 마" 첫 번째 남자가 갑자기 놀란 듯
말했다.

"헤헤. 뭐 나는 그냥 확 날뛰어보고 싶었던 거지"

"멍청한 새끼!" 라고 두 번째 남자가 말했다.

"너 적십자 놈 앞에서 한발 늦었어."

"나는 적십자 놈 코앞에서 잽싸게 걸어왔지"

두 젊은이의 대화는 잠시 끊겼고 우리들은 안심하고 무대를
바라봤다. 그러자 이번에는 연상인 듯한 쪽이 입을 열었다.

"너 선반공이었지"

"응"

연하인 듯한 남자가 건성으로 대답한다.

"나는 포목점의 점원이었어." 연상의 젊은이가 말했다.

"나는 그렇지만 전혀 미련이 없어. 모두에게 비밀로 하고
이쪽으로 와버렸지. 내 세 여자는 모두 착한 아가씨였어. 그
가운데 한명은 나와 계속 동거했지. 나는 그러나 이제 여자
와 자는 것에 질렸어"

"흠" 상대가 말했다. "모르는 것이 약이지만 각각의 미인
들은 도대체 어느 쪽인 거야?"

"올 야폰스키[24]. 올 일본이지"

"그래도 자네, 그들이 가엾군."

"똑같지 뭐" 라며 연상의 젊은이가 말했다.

"서로 기죽은 얼굴을 하지 않고 끝난 것만이라도 다행이
지. 저쪽에 가서 안정되고 나면 건강하게 잘 있으라고 편지
를 하려고 해."

"바람둥이" 라고 연하의 젊은이가 말했다.

---

24) 러시아인이 사용하는 일본인에 대한 경멸스러운 호칭 니뽄스키에서
　　나온 말

"지금쯤 세 여자가 난리가 났을 거야."

"내 정체가 코리안스키라는 것을 알았을 때, 기겁을 할 내 여자들의 얼굴은 말이야, 끝내주게 에로틱할거야."

"제기랄" 어둠 속에서 그 남자의 소리가 들렸다. "나는 희디 흰 그 엉덩이를 다시 한 번 안고 싶어."

갑자기 조명이 일제히 밝혀지고 박수가 장내에 울려 퍼졌다. 우리들은 어둠 속 극의 세계에서 의식을 귀환시키고 닫혀가는 막 쪽을 열심히 봤다. 무대에서는 출연자 전원이 객석 쪽으로 큰 인사를 하고 우리들도 열연을 한 귀여운 일본인 출연자들에게 박수를 아끼지 않았다.

다음 막이 열리고 조선남녀 아동혼성합창단이 관현악 반주의 김일성장군가를 불렀다. 내일은 도약하는 '일본'의 경계선 위, 바로 그 무대에서 어린 그들은 일상적으로 그러나 힘차게 노래하고 있다. 우리들은 관객석에서 15년 전 우리들 초등학생시절을 고요하게 매장하는 식을 거행했다. 우리들은 그러나 기도로 매몰하는 것을 거부하기 위하여 그렇게 꽉 닫힌 어두운 극장을 떠났다.

봄 같이 따뜻한 날씨가 수척해져 옅은 푸른빛으로 변해가는 니가타 하늘 아래에서 우리들은 조국적십자대표단의 도착을 기다렸다. 태양이 기어 나온 둥근 구덩이 쪽에서 차가운 바람이 내려와서 일본적십자사센터를 애무하고 있다. 우리들은 귀국자들과 함께 반복해서 해방의 노래를 합창했다. 정각에 검은 자동차 행렬이 버스길로 접어들자 우리들은 흥분과 열렬한 박수로 조국대표를 맞이했다.

"여러분!" 공화국적십자대표동지가 말했다. "도대체 몇 년만에 상봉하는 겁니까. 이 날을 우리들은 얼마나 애타게 기다렸습니까. 그러나 지금 이제 꿈이 아닙니다. 나는 여기에 이렇게 형제들을 마중 왔으니까요.

대표 동지는 감색 양복을 입고 환한 미소를 지으며 진짜 조국의 말을 사용했다. 우리들은 열렬한 폭풍 같은 박수를 보냈다. "여러분 내일은 함께 조국으로 돌아갑시다. 조국은 여러분의 귀국을 열렬하게 환영합니다. 영광스러운 조국은 현재 프롤레타리아트 당과 위대한 영도자 김일성동지의 지도 아래 빛나는 7개년경제계획의 대도를 천리마의 기세로 진군하고 있습니다. 내일 형제들은 조선 인민공화국 공민의 모든 생활권리와 모든 정치적 이권을 완전히 회복하게 됩니다."

"걱정스러운 일이 무언가 하나 꼭 필요한가요." 대표 동지는 농담을 했다. "조국은 주거도 직장도 학교와 병원도 전부 준비해 두었습니다. 기계와 공장, 넓은 토지도 전부 우리들의 것입니다. 여러분 손에 무언가를 잡고, 자신의 능력을 발휘해보지 않겠습니까. 게으름뱅이는 지시를 잘 따라서 공부를 하게 되고, 주정뱅이 남편은 부지런한 사람으로 확 바뀔 겁니다. 조국에서는 모든지 바꾸어버립니다. 한보따리 가득 차지 않았습니까. 자 야쿠자 같은 세계에서 이별합시다."

"보따리를 짊어졌습니까. 좋아요!" 대표 동지는 너스레를 늘어놓았다.

"자 내일 천천히 배안에서 우리 모두 우리끼리 옛날 고생담으로 한 송이 꽃을 피어보지 않겠습니까."

우리들은 길고 긴 세월이 가당찮은 해학으로 생각되었고, 미치광이처럼 뒤엉켜오는 차가운 니가타의 하늘을 쪼갤 듯이 조국만세로 날려 보냈다.

금요일 정오

옆으로 세차게 퍼붓는 찬 폭풍우가 전 니가타시내를 씻어
내고 있다. 진흙탕의 버드나무길[25]에 정오 사이렌이 낮게
깔리고, 59년 겨울 조선이름으로 만들어진 이 버드나무 가
로수길이 항구 쪽을 가리키는 몸마저 갈기갈기 찢겨질 것처
럼 몸부림치고 있다. 부두에서는 귀국선의 새하얀 선체가
가스탱크와 나란히 암벽에 착 붙어있다.

"이쪽이 도보르스크호[26] 입니까?"

창문은 끊임없이 덜거덕거리고, 상대는 자신감 없이 "글
쎄" 라고 대답했다.

성난 바다

어머니, 이제 편지는 몇 통정도 그쪽에 도착했나요? 내가
지금까지 이 편지까지 합해서 보낸 수는 정확히 스무 통이
나 됩니다. 적어도 나만큼 이렇게 편지를 보낸 사람은 그다
지 없을 겁니다. 앞으로도 일주일에 한번은 반드시 보내려
고 하니 어머니는 안심하세요.

어머니, 지금은 이제 그렇지도 않습니다만 처음에는 정말

---

25) 귀국산업이 시작되기 1개월 전인 1959년 11월 6일 재일동포들이 조
  선인민공화국과 일본과의 친선의 상징으로 시내중심에서 항구까지 약
  2km의 구간에 버드나무 300여 그루를 심었다. 당시 니가타현 지사
  는 귀국하는 조선공민의 우정을 영원히 잊지 않겠다는 의미에서 이
  거리를 '버드나무 길' 이라 이름 지었으며, 지금도 니가타 시내에는
  버드나무길이 있다.
26) 초기의 귀국선은 소련의 '쿠리리온호' 와 '도보르스크호' 가 사용되
  었다. 이후 1971년 5월부터 북한의 '만경호' 가 취항했다.

힘들었어요. 친구를 마중하러 역으로 나가면 가마타역蒲田駅
이나 진보하라역神保原駅이 바로 생각나고, 과자나 과일이 먹
고 싶을 때면 바로 동경 집의 부엌과 냉장고가 생각나곤 했
어요. 투정을 부리며 밥을 먹었던 것과 가족이 다 모여서
식사했을 때가 바로 떠올라서 저 역시 무척 슬펐어요. 그래
도 지금은 학교 기숙사를 나와서 아저씨 집으로 옮겨왔기
때문에, 외로울 때는 어떻게든지, 바로 전에도 말했던 것처
럼 같은 방 친구들과 이야기를 해요. 그렇게 하면 슬픈 생
각이 보통은 이번에는 바로 재미있고 그리운 이야기로 바뀌
지요. 내가 외로울 때는 나부터 이야기를 시작하고, 그들이
외롭게 된다든지, 무언가 회상할 때는 그들이 이야기를 걸
어오지요. 그럴 때 우리들은 어지간히 바쁘지 않는 한 서로
의 이야기상대가 되어주고 있어요.

  지금 보내주셨으면 하는 것은 과자류 외에는 특별히 없어
요. 일본에서 갖고 온 짐은 아직 전부 학교 기숙사 창고에
넣어 두었어요. 단지 손을 댄 물건은 행랑 속에 넣어 둔 책
종류와 책상 사이에 넣어 둔 창격이 형의 짐과 그 옆에 있
던 것. 그리고 탁송 수하물에 넣어 둔 통조림과 과자. 사실
지금 그것이 있어서 도움이 돼요. 어머니, 비스킷을 넣어줘
서 고맙습니다.

  일본 라디오방송은 매일 듣고 있어요. 꽤 길게 썼네요. 오
늘은 이것으로. 어머니 안녕히 계세요.

  항구도로의 목조빌딩 2층에서 재일조선인총연합회 중앙본
부 니가타출장소의 젊은 동지가 서류뭉치를 겨드랑이에 끼
고 대기실 문을 열었다.

  "배웅객 여러분" 젊은 동지가 말했다. "이제부터 배 견학

을 갑니다. 귀국선은 소련 동무들이 정성스럽게 닦아놓았으
니 마음대로 만진다든지 선내를 더럽힌다든지 하지 않도록
유의합시다. 이제부터 부두출입은 인원을 확인하니까 줄을
서서 질서 있게 행동을 해주세요. 그럼 여러분! 우리는 매사
에 공화국공민의 명예를 더럽히지 않도록 서로 주의합시
다."

대열을 만든 견학자의 행렬은 조총련 사무소를 출발해 불
어치는 비바람 속을 어깨를 움츠리며 물웅덩이에 신경을 쓰
면서, 산더미같이 쌓여 있는 석탄과 철도 간선 옆 사이 길
을 부두 쪽으로 해서 서둘러 갔다.

성난 바다

어이 수원아 요즘은 어떠니? 나는 왜 그런지 벌써부터 매
일 매일 학교에 가는 것이 너무 싫어져서 참을 수가 없어.
귀국한 사람들은 누구라도 한번은 모두 이렇게 된다고 하는
데 정말로 학교에 가는 것이 싫어.

지금 나는 수원이도 이미 알고 있는 대로 하숙을 하고 있
어. 정말로 하숙을 해서 다행이라고 생각하고 있어. 같은 방
에 있는 녀석들은 조선고등학교에 다녔던 애들이고 또 좋은
녀석들 뿐이기 때문에.

말이 무척 잘 통해. 물론 우리들 이야기는 언제나 정해져
있지. 탈주 이야기라든가 일본에 있는 가족에 대한 것, 그때
가 가장 즐거워. 내가 일본에서 갖고 온 과자랑 걔들이 받
은 통조림 등을 먹으면서 차를 계속 마시지.

솔직하게 말해서 수원아, 나는 조선에 온 이래 우리 모두
똑같이 말랐어. 또 피부도 까맣게 탔어. 아무튼 시계 줄을

한 칸 줄여야 할 정도야. 이건 엄마에게 말하면 안 돼, 걱정 하니까.

그리고 말이야 수원아, 조선에 오자마자 바로 일본신문과 잡지가 그리워진다. 첫 번째 우리들 귀국자는 거의 전원이라고 해도 좋을 정도로 일본 신문지로 도시락을 싸지 않고 있기 때문이야. 놀랍지. 꼭 부쳐줘. 부탁해요. 수원님, 꽁치 통조림 나부랭이가 아니고 읽을거리를……

단 아버지에게 이런 건 말하지 말고.

지금 이 편지를 쓰고 있는 것은 수업시간중이야. 우히히히……

러시아어 시간이야. 엄청 스릴 있고 꽤 즐거워.

쉬- 선생님이 가까이 오고 지랄이야. 들키면 위험해. 안녕.

형이.

선복이 무섭게 허공 쪽으로 차츰 솟아오르고 트랩은 줄타기처럼 흔들흔들한다. 하이힐의 여자가 한손에 우산을 들고 무서워 무서워하며 올라갔다.

성난 바다

누나, 별일 없지요? 지금 누나가 편지를 읽고 있는 날이 7월11일이라면 나는 기쁠 텐데.

솔직히 말해 누나, 나는 누나를 생각하고 몇 번이나 울었는지 몰라. 지금도 이 편지를 쓰면서 이 편지지 위에 눈물을 떨어뜨렸어. 누나와 일본에 있을 때는 싸움만 했지만, 정말 사이는 좋았지. 지금 누나의 가장 인상적인 것은 누나와 헤어지던 시나가와역 플랫폼에서의 누나의 모습, 하얀 옷이야. 지금 생각하니 그것이 누나한테 가장 잘 어울려. 나도 그 옷을 가장 좋아했어. 이제 헤어지자고 할 때, 누나가 "정길아, 정길아" 하면서 내 손을 잡았을 때, 이미 그 때 기차는 달리기 시작했지……지금도 그때를 생각하니 나도 모르게 이 편지지가 보이지 않게 돼버렸네. 이제 누나 얘기를 들으면, 나는 바로 누나와 서로 손을 잡고 마지막 헤어질 때 누나의 우는 얼굴이 떠올라서 이제 아무것도 보이지 않게 돼버린다.

지금도 눈에 어른거리며 떠나려고 하지 않은 영상은 하얀 양장의 누나 모습. 빌어먹을 나는 다시 한 번 가마타역에서 점포 안과 입구까지 걸어보고 싶어. 누나는 이 기분 모를 거야. 안녕.

수원아, 잘 있니? 솔직히 말해 나는 모든 면에서 매우 힘들어. 그러나 수원아 걱정은 하지마라. 자랑할 건 아니지만 내 일이고 어떻게든지 헤쳐 나갈 수 있다고 생각한다. 또 자신도 있고……그런데 바로 본론으로 들어갈게.

오늘로 7월 30일 배치를 받고나서 1개월하고 20일여일이나 지났는데, 가장 중요한 것은 내가 보낸 편지를 그쪽에서 전부 받기는 한 거니?

나는 벌써 25통이나 편지를 보냈는데 말이야. 더구나 대부분 속달로 보냈단다. 아니 지금까지 답장이 없다는 것이 만일 수원이가 그쪽에서 늦게 보냈다고 한다면 몰라도 만일 받지 못했다고 한다면 정말 나는 화가 치밀어. 더구나 우선 이 편지내용인데, 특별히 이렇다 할 정도로 당국에 불리하게 될 만한 것은 없다고 생각하는데, 어쨌든 그런저런 이유로 이번에 이 편지는 학교 쪽으로 보내 본다.

참 수원아 어떠니. 너는 매일 영화만 보고 있는 거 아니니, 괜찮지 뭐. 공부와 함께 많이 보시게나.

그런데 정말 서부극은 재미있으니까. 부럽다. 더구나 그 스릴러영화, 폴란드의 스릴만점의 전쟁영화, 쳇 생각하니 정말 보고 싶어진다.

그러니 수원아, 잡지를 많이 부탁한다. 특별히 『평범』이나 『명성』을 보내 달라고는 하지 않는다. 『고교시대』라든지 『대학코스』 그 외에 『아사히 저널』이라든가 어른취향의 인텔리의 성실한 잡지도. 꼭 연간을 부탁한다.

늘 편지에 같은 것만 보내라고 떠들어대고 있는데 이번에도 마찬가지란다. 이것은 귀국자의 심리야. 게다가 나는 특히 풋내기잖아.

그래서 말인데 수원아, 어머니에게는 내가 물건을 보내달라고 했다는 부분은 가능하면 말하지 마.

아직 더 쓰고 싶지만 종이의 한도가 있어서 유감천만이다.

그럼 수원아 이것으로 안녕! 유강이에게 너무 으스대지마. 대장이 되는 것도 좋지만 다정한 대장이 돼야지. 나처럼 말이야.

갑판이 너무 반들반들해서 모두 사람들 앞에서 넘어지는 것을 경계하면서 발걸음을 옮겼다. 견학자 행렬은 영접원동지의 안내로 하나하나 객실을 들여다보면서 걸었다. 어느 방이나 장미가 운치 있게 한 송이씩 피어 있다.

"여기는 가족 단위의 객실입니다."

영접원 동지는 선생님 같은 온화한 설명조로 말했다.

"시트의 풀이 너무 잘 먹혀져있는 것 같아요."

통로의 견학자가 감탄했다.

"여기는 모자의 방입니다."

견학자들을 위해서 동지는 걸음을 멈췄다.

"모자의 방이 뭐지요?"

부인 견학자가 물었다.

"유아와 함께 온 어머니들을 위한 방이지요."

문 쪽의 여성 동지가 요람을 가리키면서 상냥하게 대답했다. 그녀의 국어가 너무나도 멋있어서 질문한 사람의 조선어는 외국어처럼 들렸다. 여성 동지는 젊고 친애에 찬 검은 눈동자를 빛내며 손이라도 맞잡을 것처럼 한 사람 한 사람을 맞이하고 있다.

"있잖아, 나 저 사람한테 당신 치마 옷감은 뭐냐고 물어볼까봐?"

대열 속의 부인이 속삭였다.

성난 바다

아버지 요즘 별고 없으시죠? 저는 이제 이쪽 생활에도 익숙해졌고 건강하게 열심히 생활하고 있습니다. 안심하셔도 좋아요.

아버지, 그야말로 우리들은 현재 조선노동당 지도아래 천리마의 기세로 전진을 계속하고 있습니다. 소학교 학생부터 대학생, 노동자에 이르기까지 이제 혁명분위기로 가득 찼습니다.

저도 노동당이 선두로 하는 이 혁명의 시대에 살아가는 조선청년의 한 사람으로서, 여기에 뒤지지 않으려고 열심히 하고 있습니다. 우리들 사범학생들은 매일 7시간 수업이 끝나면 바로 강당에서 사회주의에 대해서, 노동당과 그 정책에 대해서 학습을 계속하고 있습니다. 어제는 최근 남조선에서 일어난 군사정변에 대해서, 오늘은 이것도 또 최근 북조선·소련, 북조선·중국 사이에 맺은 그 조약에 대해서. 저도 단독으로 조국으로 돌아온 이상 하루라도 빨리 자신을 사회주의 사상으로 무장하여 조국의 미래를 위해서 진력할 수 있는 훌륭한 애국자가 되고 싶습니다.

아버지도 제발 일본에 있으면서 제가 귀국하기 전 이상으로 학습에 힘을 기우려 주세요. 한 층 재일동포를 위해서 힘써주세요. 솔직히 말해서 현재 아버지의 임무는 매우 무겁습니다. 그 활동이 현재 조국에서 얼마나 중요한지 그것은 일본에 있는 누구라도 조국에 한번 와보지 않으면 모를 정도입니다.

아버지가 일본에서 활동하고 있는 관계로 저는 조국에 있어도 특별히 더 중요하게 대접받고 있습니다. 친구들에게도 존경을 받고 있어서 나 스스로도 우쭐댑니다. 나는 현재 하루에 13엔의 장학금을 국가로부터 받고 있고 더구나 하복을 한 벌 받았습니다. 아무튼 우리나라는 정말 위대하다고 생각합니다. 그 귀국선을 한번 왕복시키기 위해서는 얼마나 막대한 비용을 국가에서 쓰고 있을까, 게다가 매번 엄청난 수에 오르는 귀국자에 대해서 그런 특별한 환대를 하고 있으니까요. 여기에서 나는 다시 한 번 우리조국에 마음으로부터 감사를 하고 있어요. 정말로……

말이 바뀝니다만, 아버지, 아직까지 집에서 편지가 오지 않네요. 벌써 같은 배로 귀국한 친구들은 거의 답장이 왔다고 하는데. 벌써 2개월이 지나, 이미 19일 수요일로 첫 번째 편지를 보내고 2개월 반이 되는데……우선 내 편지는 전부 그쪽에 도착했는지요? 이렇게까지 되니 왠지 집안일이 걱정이 됩니다. 만일 편지는 받았는데 답장을 보내지 않은 것이라면 그것으로 상관없습니다만, 그래도 빨리 답장을 주세요. 그럼 아버지 몸 건강히 안녕히 계세요.

행렬은 문을 열고 들어갔을 때, 견학자들은 널찍한 선실의 청결함에 감동받았다. 뱃머리 중 갑판주위의 창문뿐인 밝은 큰 방에 침대가 몇 줄로 가지런히 놓여 있었다.

"병실입니다. 항해 중 아픈 사람은 여기에서 치료를 받습니다. 의사동지와 간호사동지가 보살펴주기 때문에 모두 귀국 후 각자 입원할 수 있게 될 때 까지 하나도 걱정 할 필요가 없습니다."

침대는 산뜻한 시트를 입고 휴식 중이었고 언제라도 임무를 시작할 준비를 끝내고 있었다. 여기서는 만사가 순조롭고 명쾌하게 진행되고 있었고 모든 사람들은 이러한 말을 확신하고 있었다. 3시간 후면 침대는 걸레처럼 피곤한 조국 귀국자의 오체를 푹 쉬게 하겠지.

니가타항구는 그러나 기상질서가 변모해서 기이한 저녁안개 풍경으로 변하기 시작했다. 바다는 어둠이 두드러지고, 예리한 비명을 압정으로 눌러놓은 듯이 침묵을 몇 만초나 계속해서 연주하고 있다. 방파제와 창고와 철교의 육지 전경도 악의에 찬 바다의 어금니 앞에서 울음을 멈추고, 회색으로 누워서 폭풍우만이 사납게 배의 창문을 계속 두들겼다.

성난 바다

어머니 제가 가장 사랑하는 어머니. 어머니가 보낸 편지를 윤정자를 통해서 7월 24일 받았어요.

그러나 어머니, 잘 생각해 보세요. 왜 제가 무슨 연유로 2개월이나 이렇게 자상한 어머니에게 편지 한 장 보내지 않을 수가 있겠어요. 실제로 저는 오늘 이 편지까지 합해서 38통이나 편지를 보냈어요. 그런데 어제까지 보낸 37통의 편지가 한통도 도착하지 않았다니.

저는 어제저녁 어머니의 편지를 손에 들고 하루 종일 울었어요. 분하고 억울해서 도대체 저는 무슨 죄가 있어서 한통의 편지도 그쪽으로 보내지지 않았다는 걸까요. 이런 것을 생각할 때마다 저의 가슴이 메어질듯합니다. 2개월간 이렇게 인자하신 어머니가 글씨도 제대로 쓸 수 없는 어머니가 그만큼 거기까지 계속 썼다는 것은. 그리고 앞으로도, 왜 자식이라면 끔찍하신 어머니가 어떻게 괴로움을 참아 왔어야 한단 말입니까. 아— 불쌍한 어머니, 나는 가슴을 찔 듯이 어머니의 마음이 헤아려집니다.

그리고 이제부터 어머니, 저를 책망하기 전에 저의 입장과 기분을 조금이라도 이해해주세요. 집에서의 소식을 기대하며 매일 매일 일기를 편지로 바꾸어서 계속 썼다는 것을. 오늘 이 편지로 38통의 편지를 보냈음에도 불구하고 집에는 한통도 가지 않았다니. 있잖아요. 어머니, 저는 너무나도 분해서 죽어도 죽을 수가 없어요. 도대체 제가 무엇을 얼마나 잘못했다는 것일까요?

지금까지 어제까지의 저는 집에서 보내오는 편지를 하루가 여삼추처럼 기다리면서, 매일을 정말로……그러나 어머니, 이제 안심하세요. 저는 조선노동당의 따뜻한 배려 아래 매일 즐겁게 공부하고 있어요. 다달이 고액의 장학금도 받고 훌륭한 학생복을 무료로 받고 속옷에서 구두까지 무료로 받았어요. 더구나 이쪽의 친구들은 모두 친절하고 양심적이에요. 무슨 일이 있을 때마다 여러 가지로 마치 어린아이라도 대하듯이 보살펴 주고 있어요. 선생님도 특히 우리들의 사범전문학교의 선생님은 매우 상냥한 사람들만 있어요. 앞으로 집에서 카메라가 오면 친구들과 선생님을 함께 찍어서 집으로 어머니에게 바로 보낼게요. 그 때를 기대하세요.

현재 조국은 조선노동당의 지도아래 마치 천리마의 기세로 전진하고 있어요. 함흥 시내를 걸어도 그 모습은 잘 알 수 있어요. 하늘을 쳐다보면 크고 높은 크레인이 새로운 아파트 건설에 쉬지 않고 바쁜 듯이 움직이고 있어요. 그리고 그 크레인은 겨우 한 여성이 당당하게 움직이고 있어요. 어떠세요. 이것만 봐도 잘 알겠지요. 어머니 저는 자신을 갖고 살 수가 있어요. 조국 조선은 반드시 가까운 미래에 일본을 완전하게 추월해서 머지않아 발전을 이룩할 것이라는 것을. 지금 조국에서는 남녀를 불문하고 노인에서 소년까지 하나의 마음이 되어서 차례차례 큰 성공을 거두고 있는 7개년 계획에 심혈을 기울이고 있어요. 나도 여기에서 이 조국건설에 참가하는 일원으로서 큰 자부와 명예를 자랑스럽게 생각하고 있어요.

어머니 이번 학기말시험에서는 아마 우등은 무리라고 생각합니다. 그러나 9월부터 시작하는 2학년부터는 꼭 우등생이 되어서 그 성적표를 일본에 보낼게요. 약속해요. 어머니의 편지를 읽고 어머니가 저에게 짐을 보내고 싶어서 견딜 수가 없다는 것을 잘 알았습니다. 그럼 염치불구하고 좀 부탁을 하겠습니다. 먹을 것을 보내주세요. 헤헤헤……기대하겠습니다. 바로 이 편지 뒤에 또 편지를 보낼게요. 오늘부터는 매일 보낼 겁니다.

　행렬은 안쪽 갑판에서 줄줄이 선미 쪽으로 나아가서 식당 문으로 들어갔다. 견고한 둥근 테이블이 가로세로로 정돈되어 놓여있다.

　새하얀 테이블보와 번쩍번쩍한 떡갈나무 원기둥이 매우 조화를 이루고 있다. 배에서의 식사는 산뜻한 거리의 레스토랑처럼 온화한 분위기 속에서 시작될 것이다. 견학자들은 행렬을 벗어나 식사 때와 같은 정겨운 기분으로 의자를 끌어 당겼다.

　"내가 돌아가고 있는 것 같은 착각을 하게 되네."

　갑자기 누군가의 작은 소리가 났다. 스피커에서 미끄러지듯 음악이 흐르기 시작한다. 팔도강산! '이 나라 팔도강산 구석까지 가보자. 경상도에서 명산으로는 지리산을 말하고, 아름다운 강은 낙동강이지.'

　음악의 1절이 끝나자 백발의 노파 한명이 춤을 추기 시작했다. 그녀는 위태로운 발놀림으로, 그러나 장단에 맞춘 '팔도강산'을 계속 췄다. 견학자들은 노파를 둘러싸고 손뼉과 발장단으로 리듬에 따라 함께 불렀다.

　"할머니 좋아요."

　춤을 추는 내내, 벽에 걸린 액자 속 김일성 동지는 조선 인민의 춤 소용돌이를 바라봤다. 춤이 끝나고 견학자들이 다시 대열을 정비하여 출구 쪽으로 가려고 할 때 아가씨 한 명이 문 앞에서 감격한 듯이 소리를 질렀다. "사회주의에도 민주주의와 꼭 닮은 점이 있구나!"

　그녀의 노트는 나라공원에서의 기념스탬프처럼 귀국선에서 주홍빛으로 흠뻑 물들었다.

니가타항 오후 3시

옆으로 세차게 퍼붓는 차가운 비가 니가타항 잔교를 파도처럼 씻고 있다. 쿠리리온호의 새하얀 옆구리에는 선명하게 '적십자'가 빛나고 있다. 돌출된 굵은 굴뚝에서 격앙된 분노 덩어리와도 같은 검은 연기를 토해내고, 오색테이프는 몇 백 개나 빽빽하게 혈관처럼 쿠리리온호와 육지를 묶고 있다.

갑판은 공화국기와 사람의 얼굴에 파묻혀 넘쳐흐르는 파도처럼 흔들리고, 부두에 있는 군중의 눈은 갑판을 꽉 잡고 그들의 상체는 격렬히 흔들렸다. 바다와 육지의 대합창이 항구에 울려 퍼지니 폭풍우는 이 혁명과 사랑 앞에서 단지 사소한 존재이다.

"건강해!"

"또 만나자!"

테이프는 날아오르고 올라서, 군중의 우정은 그 그물코 위에 무수히 교차하고 있다.

폭풍우는 그러나 집요하게 마치 적의를 갖은 총탄처럼 부두를 두드리고 있다. 뜨거운 테이프의 파도 밑으로 섬뜩한 악령의 사자들이 있다. 검은 모자에 검은 제복의 온통 검은색의 경찰대가 오보씩 일렬횡대로 쿠리리온호를 등지고 잔교의 조선인민과 대치해있다. 검게 살아있는 곤봉의 항거는 비덩어리의 모습으로 부동의 벙어리처럼, 그러나 애드가 알렌 포우의 큰 새처럼 육욕의 눈을 응시하고 꼼짝 않고 있다.

문이 열린다.

재일아메리카 대사관의 문이 열리고 대사관의 일등서기관이 들어온다. 그는 미합중국 국무장관에게 목례를 보낸다. 장관은 극동에 관한 일에 몰두하고 있던 얼굴을 들어 표정을 움직인다.

"조선인민의 노예상태를 유념하여, 머지않아 조선을 자유
와 함께 독립시킨다." 1943년 선언 조항을 생각해 냈기 때
문이 아니었다. 그는 더 오랜 역사가 떠올랐다. 1907년이었
다.

고무라 쥬타로小村壽太郞[27] 일본 대표는 백악관에서 대통령
에게 말했다.

"일본정부는 조선을 합병까지 했으면 합니다. 각하는 어
떻게 생각하십니까."

시어도어 루즈벨트[28]는 의자에서 대답했다.

"잘 알겠습니다."

대통령은 더 오래전인 2년 전에 국무장관과 육군 장관에
게 서한을 보냈던 것이다.

"일본에 반대하는 조선인을 옹호하여 미국이 간섭할 수 없
다."

"일본인이 러일강화조약에서 일본의 조선통치권이 포함되
었던 것에 우리는 진심으로 동의한다."

일등서기관은 내일 예정인 일본수상과의 회의 프로그램의
사무협의를 했다. 국무장관은 그러나 역사에 흥미를 갖는다.

---

27) 고무라 쥬타로(1855년-1911년)는 주미·주러 공사와 외무대신을 역임
했다. 러일전쟁 이후 러일협약 및 한국합병에도 관여했고 일본의 대
륙정책을 추진했다.

28) 시어도어 루스벨트 2세(Theodore Roosevelt. Jr. 1858년-1919년)는
미국의 26대 대통령(1901년-1909년)과 25대 부통령(1901년)을 역임
했다. 별칭은 테디 루스벨트(Teddy Roosevelt)이고, 테오도어, 테오
도르 루스벨트라고도 부른다. 1905년 측근인사인 윌리엄 태프트를
보내 일본과 가쓰라-태프트 밀약을 체결하고 만주와 조선에서의 일
본의 우위를 인정하는 대가로 필리핀에서의 권리를 상호 인정하게
했다. 동시에 양쪽 문제에 대한 불개입을 확약 받았다.

대통령은 유명한 말을 했던 것이다.

"나는 러일전쟁에서 일본의 승리를 매우 만족스럽게 생각한다. 왜냐하면 일본은 우리가 꾸민 연극을 했기 때문이다."

그러나 역사는 대통령의 연극을 뒤집어엎고 진행한다. 부두에서 군중은 쏟아지는 비바람을 헤치며 외쳤다.

"조선민주주의 인민공화국 만세!"

갑판에서 재일조선인은 정신없이 붉은 깃발을 흔들었다.

"조국 평화통일만세"

갑자기 일본인 요시노씨가 부르짖었다.

"형! 어이! 잘해!"

한씨네 장남은 손수건을 주머니에서 꺼내 뜨거운 두 눈을 닦았다. 늙은 부반장은 공화국 국기를 열심히 흔들었다. 센다이시에서 막걸리 장사와 결별한 대졸 아버지가 반복해서 아장아장 걷는 아들의 작은 손을 잡고 만세를 했다.

바다도 육지도 모두가 해방의 노래를 크게 부르고, 대 합창은 새빨간 깃발의 소용돌이에서 소리쳐 일어나 항구에 울려 퍼졌다. 한씨네 미용사 딸내미는 테이프를 꽉 잡았다. 늙은 부반장도 대졸의 아버지도 어머니와 여학생도 육지를 잡고 있다. 요시노씨 부부도 송별인 모두가 바다를 떠날 수 없었다.

옆으로 세차게 퍼붓는 차가운 폭풍우가 니가타항을 덮치고 있다.

"당신들 거기서 뭐하고 있어!"

요시노씨가 날카로운 목소리로 내리쳤다.

"부끄러운 줄 알아라!"

악의에 찬 곤봉의 대항은 슬슬 동요했다. 그러나 언어는 창백한 부동의 모습 안에 음침한 늪과 같은 곳으로 용해해 갔다. 온통 시꺼먼 검은색의 경찰대는 폭포처럼 퍼붓는 폭우 속을 흠뻑 젖은 벽이 되어서, 악령의 사자들은 마치 잔교에 뿌리를 박은 것처럼 매우 뚜렷이 존재했다.

창문이 닫힌다.

호텔의 창문이 닫히고 스기杉 수석일본대표는 안락의자에서 깊숙이 앉아서 두 눈을 감는다. 수도, 실업자가 득실거리는 서울시가지가 그의 양 눈에서 사라진다. 동시에 동양에서 가장 맑고 푸르고 아름다운 수도의 하늘이 사라진다.

"자유세계는 공산주의에 의해 불안한 상태에 놓여있다. 극동에 있는 자유진영의 여러 나라 가운데 한일 양국은 가장 중요한 역할을 담당하고 있다."

최고회의의장이 동경 하네다공항에서 읽은 성명서문구가 머리에 떠올랐다. 장군의 불안이라는 단어가 신경이 쓰인다. 그는 짙은 갈색의 안경 속에서 흠칫 겁이 났다. 사형을 선고받은 감옥의 언론인이 마음에 걸렸다. 그러나 장군은 북쪽이 불안했다. 숫자는 더 불안했다. 철강생산고, 전력생산고, 주택건설량, 곡물생산량 및 소비물자 생산고, 합계는 연탄로 장군의 뇌리를 쳤다. 늘 '미래'는 불안의 씨앗이다. '인민공화국'이라는 말은 몸서리치지 않고는 떠오를 수 없는 불안한 단어이다. 갑자기 최고회의의장은, 이놈은 어쩌면 엄청난 모험이 될 거야라고 생각했다. 동경과 워싱턴에서는 장군의 도박을 기대하고 있다.

불안의 연대감은 동경의 일본 적십자사에도 만연하고 있다. 적십자사는 11월이라는 달에 겁낸다. 1년에 한번은 11월이 반드시 온다. 불안을 끝내고 귀국협정을 중단할 것. 적십자사는 성명을 낸다. 조선·일본귀국자 협정은 기술적으로

봐서 불필요하다고 인정된다! '불안은 기술적으로 봐서 불필요하다고 인정된다!'

그러나 사랑의 연대감은 기술적인 세계의 중력을 견디어내고 있다. 솟구치는 선혈이 마른 푸른 잉크에 배어, 편지는 기회를 놓친 마음을 누르고 어두운 창고에서 매일매일 빛나는 태양을 초조하게 기다리고 있다. 편지는 몇 통이나 홍콩 우체국에서 오도 가도 못하고, 발송인이 조선이고, 수신인이 일본인 봉투가 유럽의 공항에서 잠을 깬 눈으로 비행기를 노려보고 있다. 날짜가 틀린 편지의 부피가 부쩍 상승해가고 오래된 날짜의 편지는 펼쳐진 바닥의 중력을 참지 못하고 노여움을 거듭하고 있다.

오후 3시 30분 러시아인 선원들이 이안작업을 시작했다. 트랩이 선양되고 권양기가 윙윙 소리를 내며 회전하기 시작했다. 로프가 한 가닥 한 가닥 배를 묶은 것을 풀고 갑판위로 스르르 올라갔다. 귀국선은 확 넘치는 검은 연기를 토해내고 엔진 클러치가 거대한 디젤 회전축에 캑하고 서로 맞물린다. 울려 퍼지는 박수 메아리의 파문에 조국대표가 모든 영접원 동지와 함께 나타난 갑판에서 줄지어 있다. 바다와 육지는 점차 열기에 가득 찼다.

"어이 건강해!"

"어이 또 만나자!"

출항 시간은 시시각각 다가오고 한씨네 장남은 폭풍우의 니가타항에서 해면처럼 자신의 흐려진 시야를 의식했다. 그의 시각 속에서 바야흐로 드라마가 일어날 수 있겠지.

내일, 배 안에서 하룻밤을 보낸 재일조선인이 침대에서 눈을 떴을 때 어느 때의 아침보다도 정말 새로운 아침을 느낄 것이다. 귀국선은 동해 한복판을 서북방향 한쪽의 침로를 잡고 오로지 달리며 항행하고 있다. 주사위는 던져져 미래가 움직이기 시작했다. 상태가 좋은 디젤진동이 심장의 고동처럼 전 동맥을 질주하고 있고, 그의 선명한 의식은 엄청난 속도를 경험하고 있다. 배가 좌우로 흔들렸을 때 그의 의식도 좌우로 흔들리고, 갑자기 미지의 존재감에 휩싸였다. 그는 침대에서 일어나 "잘 잤나. 동무들" 이라고 할 것이다. 귀국선은 새로운 인사로 새벽을 맞이하는 것이다. 그는 또 갑판에 나오겠지. 끝없이 넓은 가슴 후련한 동해가 그의 시선을 씻는다. 배는 전속전진을 하고 시베리아에서 불어오는 찬바람이 '열풍' 이 되어서 뺨을 친다. 거품이 이는 하얀 선적은 미래에 자리를 양보하기 위해서 저쪽으로 사라져버린다. 그는 그러고 나서 서서히 실현되지 못한 '작은 옛날 꿈' 을 꺼내어 처형하기 시작한다. 표적을 정하고, 아득히 멀리 조준을 결정했을 때 방아쇠를 당긴다. 그 때 그의 모든 시야에는 관념의 총성이 울리고 한순간 바다와 하늘이 옆으로 흔들리며 쓰러진다.

순간 쿠리리온호에서 날카로운 기적이 울려 퍼졌다. 한줄기 강렬한 증기 기둥이 니가타 하늘을 찌르고 바다도 육지도 잠잠해졌다. 그런데 다음 순간 뜨거운 광풍이 니가타항을 덮쳤다. 모든 군중이 하늘을 주먹으로 쳤다.

"조선민주주의 인민공화국 만세!"

"일본인 만세!"

"조국 평화통일 만세!"

"조·일 우호 만세!"

배도 잔교도 세계전체가 뒤죽박죽 불탄다. 한씨네 장남은 찌푸리고 웃었다. 여동생은 연약한 자신의 가슴을 힘차게 두들겼다. 그녀는 어머니에게 볼을 비비고 공처럼 오빠의 손을 잡고 열렬하게 육지로 이별을 보냈다. 귀국선은 암벽을 떠난다. 도보루스크호는 출항준비완료 싸인 기적을 선발요선에게 보냈다. 쿠리리온호는 하얀 나체의 풍만한 여자엉덩이의 이미지를 연상시키며 니가타항을 확실하게 출발하고 있었다.

편집후기

작년 10월에 우리는 니가타를 직접 체험하고 특집 「니가타」를 기획했다. 그리고 2월에는 원고도 거의 정리되었는데 시간과 정세가 맞지 않음을 느끼고 중지해버렸다. 지금 생각하면 니가타가 갖는 문제의식은 당시 우리들이 생각한 것보다 훨씬 크고 또한 시간과 정세의 변화에 견뎌낼 수 있는 것이었다. 그 때의 원고는 앞으로 유효하게 사용하려고 한다.

다음으로 우리가 기획 한 것은 '한일회담'의 복잡 미묘하고 교묘하게 계획된 그 본질을 해명하는 것에 있다. 우리는 그 때문이라도 우선 적에 대한 이미지의 정확한 인식을 써야만 한다. 미국이라는 거대한 도깨비 같은 형체가 없는 적에 대해서 우리의 이미지는 너무나도 추상적이다. 더욱 유연한 태도로 미국을 내면적으로 취급해야만 한다. 우리의 고정된 이미지를 다시 한 번 재생산하고 적의 심장부에 깊숙하게 다가가야만 한다. 지금 당장은 독자에 대해서 우리 조선민족의 비원인 조국통일에 대한 각성과 주체적인 의사표시를 자극하는 것이다.

안보투쟁에서는 그만큼의 에너지를 결집하고 있으면서, 한일회담에 대한 자세가 남의 일처럼 하는 것은 민사당적인 견해가 광범위하게 뿌리내리고 있다는 것을 의미하고 있는 것이다. 우리는 이러한 견해를 수도 없이 만난 경험을 갖고 있다. 그것은 그들이 부정함에도 불구하고, 일찍이 조선민족에 대한 잠재적 우월감에 다름없다.

우리는 이러한 잠재적 우월감과도 철저하게 싸울 것이다. 지금 가리온 3호를 거듭함에 있어서 그것은 충분하다고는 할 수 없지만, 길게 보면 우리의 지향과 뜻은 착실하게 한 걸음을 내딛고 있다는 것을 의심할 여지가 없다. (양석일)

長編詩集　　　　　　　　　金　時　鐘

新　潟

長編作の新しい実験によって、社会主義リアリズムの
典型を志向する畦目の詩集堂々二百枚の脱稿成る！
　　　　　　　　5月刊行（予定）　¥ 400

梁石日詩集

夜を賭けて

在日朝鮮人の深淵にうごめく
絶望と虚無の群像を見よ！
　　　　　　　6月刊行（予定）　¥ 360

鄭仁詩集

石　女

人間疎外の状態の中で、詩人の感性は果しなく深まる
そして遂にイメージは純粋な思考にいたる
　　　　　　　7月刊行（予定）　¥ 360

短篇小説集　　　　　　　　　高亨天著

原　点

ドキューメンタリーの眼が突がつ行動の論理
ここに鮮明な在日朝鮮人群像がある！
　　　　　　　10月刊行（予定）　¥ 420

(재일에스닉잡지연구회 번역총서)

가리온 5

초판 인쇄 ㅣ 2016년 5월 16일
초판 발행 ㅣ 2016년 5월 16일

저(역)자 ㅣ 재일에스닉잡지연구회
발 행 인 ㅣ 윤석산
발 행 처 ㅣ (도)지식과교양

등　　록 ㅣ 제2010-19호
주　　소 ㅣ 서울시 도봉구 쌍문1동 423-43 백상102호
전　　화 ㅣ (대표)02-996-0041 / (편집부)02-900-4520
팩　　스 ㅣ 02-996-0043
전자우편 ㅣ kncbook@hanmail.net

ⓒ 재일에스닉잡지연구회. 2016 All rights reserved. Printed in KOREA
　　ISBN 978-89-6764-053-4 94830　　　정가 15,000원
　　ISBN 978-89-6764-048-4 94830 (전5권세트)

---

* 저자 및 출판사의 허락없이 이 책의 일부 또는 전부를 무단복제 · 전재 · 발췌 할 수 없습니다.
** 잘못 만들어진 책은 교환해 드립니다.